JN027440

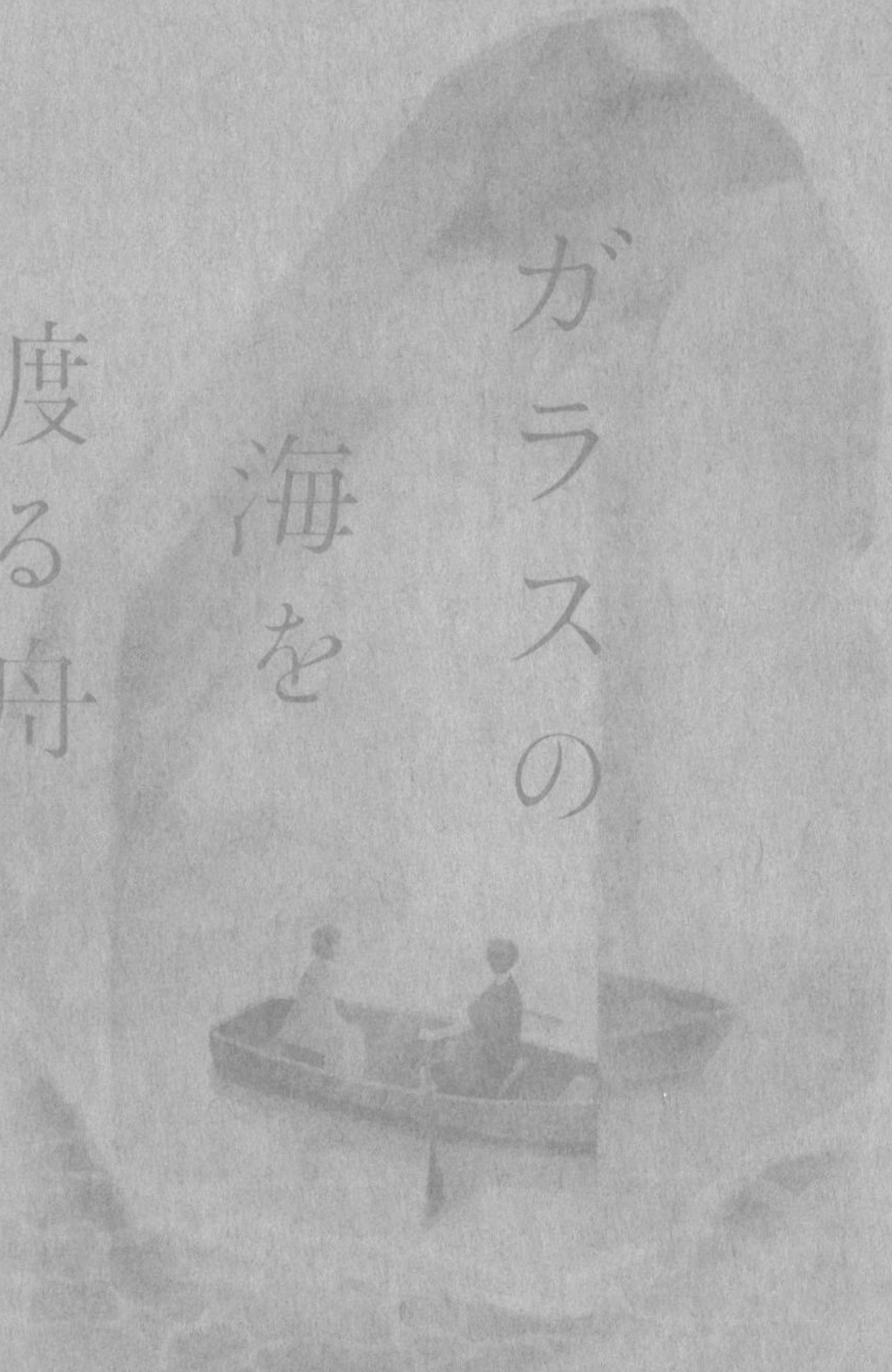

ガラスの海を渡る舟

寺地はるな

PHP研究所

ガラスの海を渡る舟——目次

イラスト　ゲレンデ

装丁　岡本歌織（next door design）

序章 羽

2021年4月　羽衣子

溶解炉《ようかいろ》から放たれる熱は真正面からたえまなく襲いかかり、わたしの額《ひたい》をちりちりと焼く。視界は橙《だいだい》に染まり、こめかみからしたたり落ちる汗が顎《あご》をとめどなく濡《ぬ》らす。唇《くちびる》は乾いてひびわれ、血が滲《にじ》む。熱はわたしからさまざまなものを奪っていく。わたしは渇《かわ》き、疲れ果て、身体のありとあらゆる部分が音を立てて軋《きし》み、後にはただ痛みだけが残る。

次第に、奪われているのか、自ら捧《ささ》げているのか、それすらもわからなくなる。あらゆるものを捧げて、それでも手にしたいものが、わたしにはある。

深く息を吸って、竿《さお》を沈めた。溶けたガラスの海の上で半円を描くように。すぐさま重い竿を支えている肘《ひじ》や肩が悲鳴を上げはじめる。工房に出入りしはじめたばかりの小学生の頃は、ひとりで竿を持ち上げることすらままならなかった。背後には祖父がいた。わたしよりもずっと大きい、がっしりとした腕が竿を支えてくれていた。だいじょうぶやで、羽衣子《ういこ》。祖父の言葉は魔法の呪文《じゆもん》のようで、呪文に守られた自分は無敵だと信じられた。

だけど今はひとりで、この熱と向きあうしかない。無敵ではなくなったわたしは今、意識のすべてを竿の先に注ぐ。巻きとったガラス種と竿の先はあかあかと燃える。夜明けの空の色だ。ごく短い夜明けに息を吹きこむ。思いきり腹の底から吹くのではない。口の中にためた空気だけを、慎重に送り届ける。

「あの、すみません」

開け放した戸の前に、女性が立っていた。西尾《にしお》です、と名乗り、頭を下げる。

壁の時計を見上げずにはいられなかった。約束の時間よりずいぶんはやい。戸惑いが顔に出たらしい。「思ったより、はやくついちゃって。そのへんぶらぶらしてきます」と、すまなそうに肩をすくめる。

「いえ、だいじょうぶですよ」

竿をスタンドに立てかけて、首にかけたタオルで汗を拭《ふ》く。この作業はおそらくやりなおしになるけど、しかたない。お客さんが優先だ。

「あの、すこし工房を見せてもらってもかまいませんか？」

「どうぞ」

ありがとうございます、と頭を下げた西尾さんは、一歩足を踏み入れてすぐにおそれをなしたように立ち止まった。おそれをなした理由は、わたしにはわからない。いやもちろん、なんとなく想像はできるけれども、その感覚を共有することができない。コンクリート製の床も無骨なつくりの作業用ベンチも、わたしにとっては子どもの頃から慣れ親しんだものだ。ここにいると、とても気持ちが安らぐ。

彼女を立ち止まらせたものは溶解炉だった。視線を辿《たど》ってそのことを知る。

ここはずいぶん暑いんですね、と西尾さんがわたしを振り返る。

「炉の中が千三百度以上あるので、どうしても工房全体が暑くなりますね」

骨壺《こつつぼ》をつくってほしい、という電話を受けたのは先週のことだった。今日ここに来てもらって、どんなデザインにするか打ち合わせをするつもりでいた。電話で話した時、事前に見本の画像かなにか送りましょうかと問うと、彼女は「自分は主婦なので時間がある、実物を見に行く」と答えた。主婦とは、主として家庭内の仕事をおこなう人のことであり、家庭内でこれほどの高温を体験する機会はない。目を丸くしている横顔に「もうすこし近づいてみますか?」と声をかけた。西尾さんは「いいえ、もうだいじょうぶ。ありがとう」とあわてたように首を振る。

「じゃあ、お店のほうにどうぞ」

工房の隣に店がある。工房も店も、もともと祖父が所有していた長屋を改装してつくられたものだ。工房には『ソノガラス工房』、店には『sono』と、それぞれ木製の看板が出ている。「ソノ」とは何語なのか、どういう意味なのか、とまれに訊《き》かれる。新しいお客さんが増えたのだとそのたび実感する。この数年、タウン誌やガイドマップに掲載されることが増えたおかげだ。昔からこのあたりにいる人たちなら「ソノ」は園、つまり祖父の名字《みょうじ》だとみんな知っている。

店はあまり広くない。六畳間程度の空間の壁の片面にガラス作品を並べた木棚があり、もう一方にテーブルと二脚の椅子《いす》がある。西尾さんに椅子をすすめながら、すばやく彼女の全身に視線を走らせた。

五十代なかば、といったところだろうか。肌や髪はよく手入れされており、服やバッグは、派手さはないが質の良いものだとわかる。経済的に困窮《こんきゅう》していないタイプだ。当然といえば当然かもしれない。明日をも知れぬぎりぎりの生活をしている人は、わざわざ骨壺をオーダーメイドで購入する余裕はない。経済的にも、精神的にも。

「そういえば、お送りした地図、わかりにくくはなかったですか」

きみたちが住んでいるまちは、第二次世界大戦時の大阪空襲をまぬかれた地域なので古い町家や長屋が数多く残っています。小学校の社会の授業で、先生がそう言っていた。このあたりは通り抜けできない細い路地が入り組んだ、迷路のような町だ。道に迷うお客さんがあまりにも多いので、最近ではあらかじめメールで最寄駅からの地図を送るようにしている。西尾さんは大阪にはなじみがなさそうだった。現在は兵庫県の須磨《すま》に住んでいるという。

「ええ、だいじょうぶでした。わかりやすかったですよ」

西尾さんはわたしが出したアイスティーのグラスに口をつけた。喉《のど》が渇いていたらしく、グラスのなかみは一気に半分ほどになる。

「あの、あちらが……そうなの？」

骨壺、という単語を、西尾さんはつかわなかった。最初の電話でもそうだった。まわりくどい表現ばかりつかうせいで、なかなか会話が進まなかった。

「ええ、そうです。どうぞ、手にとって見てくださいね」

西尾さんが椅子から立ち上がり、おずおずと棚に近づいた。

わたしと、わたしの兄が営んでいるソノガラス工房は、ガラスの骨壺をつくっている。

祖父が工房をやっていた頃はそうではなかった。工房はあくまで「ガラス作家・園光《みつ》利《とし》」が作品を生み出すための場所だった。工房ではガラス工芸の教室も開いていて、収入面から見ると教室がメインだったが、わたしにとっての祖父はあくまでもガラス作家、アーティストであって、その認識は祖父が死んだ今も変わらない。

でもわたしたちはふたりとも祖父ではなかった。祖父ではないわたしたちは、わたしたちのやりかたを見つけねばならないと躍起になりながら、なんとか今日まで来た。

骨壺のオーダーはたいてい業務提携している斎場からまわってくるが、まれに直接工房に問い合わせをしてくる人もいる。この西尾さんのように。

「きれいね、とても」

骨壺といっても、お墓の下におさめるものではない。自宅に置いて供養するためのものだ。はじめてのお客さんは、まだ若い娘さんに先立たれた女性だった。

「おしゃれなもの、かわいいものが大好きな娘でした」とその人は話してくれた。あの子があんなあじけない陶器の骨壺に入るなんて、なんだかかわいそうで、と。

「これはぜんぶ、あなたがつくったの？」

西尾さんが振り返り、窓から入ってくる日光をまともにくらったのか、きゅっと目を細める。

「ぜんぶではないです」

西尾さんが「きれい」「これもすてき」と手にとる骨壺は、どれもわたしが手がけたものではなかった。

いつものことだ。もう、とうに慣れている。慣れているはずだと自分に言い聞かせるたび、肋骨《ろっこつ》を針で突かれるような痛みを覚える。

「そうだった、ご家族でやってらっしゃるのよね？　制作はおふたりで？」

里中道《さとなかみち》。里中羽衣子。工房のサイトには、わたしたちの名前が並んでいる。

「そうなんです。ふたり一組でやる作業が多いので、きょうだいで一緒にやっています」

西尾さんの手の中におさまる大きさの骨壺。青と白がまじりあった模様は空のようでも、波打ち際のようでもある。色ガラスを砕き、溶かして吹いてみるまで、どのような模様が出るかはわからない。どんなに切実に願いながら吹き竿に息を送っても、わたしの生み出す模様は祖父や兄のそれよりは美しくない。技術の差以上のものをいつも感じる。

ドアが開いて、西尾さんがそちらを見た。わたしも同じように顔を向けて「うわっ」と声が出る。兄の道が、泥まみれで立っていた。

「あんた、なにしてんの？」

そう叫んだ時、わたしは西尾さんの存在を完全に忘れてしまっていた。道は「歩いて、転んだ」と、肩をすくめている。今日はたしか枚方《ひらかた》の繁實《しげみ》硝子《ガラス》製作所に行っていたはずだった。繁實さんのところへ行った帰りに、舗装《ほそう》されていない道で転び、水たまりに倒れたのだという。短く切った髪にからんだ泥が白く乾いてかたまっている。Tシャツの前面に泥がべったりはりついていて、描かれているロゴが読めない。道はいつも前面に大きく絵やロゴが入った服を着ている。服を着る時いつも間違えてしまうから、それを避けるために前後がわかりやすい服を買うのだ。

「待って、そのかっこうで電車に乗って帰ってきたってこと？」

「うん。着替え持ってへんし」

「恥」にたいする、致命的な感覚のずれ。道とわたしが相容《あい い》れない原因は、そこにある。兄が店に入ってこようとするので、叫んで止めた。

「お風呂入ってきてよ！　あほちゃう？」

道の言動をむやみに否定してはいけない。これまでに、母から何度もその注意を受けた。でも、どうしても耐えられない時がある。

「こんにちは」

わたしに怒鳴られ、おびえたように目をしばたたかせつつも、道は西尾さんに向かって頭を下げている。

西尾さんは泥だらけの道を驚いたように見つめていたが、「あ、こんにちは」と小さな声で挨拶《あいさつ》を返した。道の視線が西尾さんが新たに手にした骨壺に落ちる。赤や白や黄色、そして緑の色ガラスの模様は、野放図《のほうず》に咲く草花を連想させる。茎を伸ばし、葉を広げ、太陽に向かって咲き、風にそよぐ。そんな光景が浮かぶような粗野な美しさのある壺だ。

「こんなきれいなものに骨を入れるなんて、なんだかふしぎですね」

こんにちはと言ったきり黙っている道に、西尾さんが話しかけた。何年もこの仕事をしているのに、道はこんなふうに平気でお客さんに気を遣わせる。

「入れるのは骨だけじゃないんです」

道が答えた。不必要に大きな声だった。声のボリュームの調節がへたなのだ。

「え？」

「ここに来る人はみんな、骨そのものよりそこにおさめておきたいものがあります」

西尾さんは当惑したように首を傾《かし》げている。へんなやつ、と思っているのかもしれない。わたしの商売人としての勘《かん》が、「これ以上会話を続けさせるべきではない」と判断した。

「もうええから、お風呂入ってきて」

道は「うん、うん」とのろのろ頷《うなず》き、しょんぼりとうなだれてドアを閉めた。

自宅は店と工房の裏にある。父も母も健在だが、母は東京での仕事が多く、大阪にはめったに帰らない。父はわたしが子どもの頃に家を出ていった。

「さっきの人、もしかして弟さん？　よく似ていらっしゃる」

ショックだった。「弟さん」も「よく似てらっしゃる」も、どちらもひどい。道はわたしより五歳も上だ。いくらぼんやりしていて実年齢より若く見えるといっても、弟はない。それに、今まで「似ている」なんて言われたことは一度もない。

「似てないですよ……あと、あの人はいつもああなので、気にしないでください」

転んだ。階段を踏み外《はず》した。よそみをしていて壁に激突した。川に落ちた。いつものことだ。「道は身体のつかいかたがうまくない」と祖父が嘆いていたが、いまだにその意味がわからない。だって自分の身体なのに。歩くとか階段を降りるとか、そんなの誰もがふつうにやっていることなのに。和《なご》ませるつもりで兄の失敗の数々を話したが、西尾さんは笑わなかった。

「骨壺は、あの人につくってほしいです」

西尾さんはドアをじっと見ている。そうやって待っていれば道がまた戻ってくると期待しているみたいに。

こらえよう、と思う前にため息がこぼれた。やっぱり、と言ってしまいそうになる。

道には目には見えないしるしがついている。この人は他の人間とは違います、というしるし。わたしにはついていない、しるしだ。

第一章

骨

1　2011年9月　羽衣子

光多《こうた》おじさんの店に入ったのは、今年に入って二度目だ。一度目は祖母の葬儀の後で、精進落《しょうじんお》としの料理がふるまわれた。

今日はその祖母の四十九日だった。お寺で法要《ほうよう》を済ませ、親戚一同そろってやってきた。ビルの六階にあるこの店は、光多おじさんが三十代前半で開いた店だから、もう二十年近くここで商売をしていることになる。十代の頃から京都の料亭に勤めていた光多おじさんは、けれども今は厨房《ちゅうぼう》に入ることはない。「経営に専念している」とのことだった。

畳の座敷には三十名ばかりの親族が集《つど》っている。祖母のふたりの子どもと孫たちや祖母の甥や姪、あるいはいとこ等にあたる人びとが出席してくれた。祖母は三人きょうだいの長女だが、きょうだいのひとりは他界し、もうひとりは施設に入っていて気軽に外出できない状態にある。

足が悪かったり腰が悪かったりで畳に座れない高齢の親戚たちは、壁際に用意された椅《い》子《す》に座り、かたまってなにか話をしていた。内容まではわからないが、おそらく昔の話だろう。あるいは、自分の持病の話か。彼らは未来の話をしない。するとすれば、他人についてだ。たとえばここにいる親族の若い者の結婚について。

祖母は七十三歳だった。大往生《だいおうじょう》とは言えない年齢だが、余命宣告より一年長く生きた。治療はすべて希望通りにやってもらった、と言っていた。「せやから、あんたら『なんかもっとしてやれることがあったんちゃうか』なんて考えたらあかんで」と念を押して死んだのが、いかにも祖母らしかった。

かわいい羽衣《うい》ちゃん。歌うように言う祖母の声が、すぐ耳元で聞こえた気がした。かわいい羽衣ちゃん、と後に続く祖父の声。

八歳だった。はっきり覚えている。だってあの日は、わたしの誕生日だったから。目の前にある皿やグラスやテーブルの木目が遠ざかっていく。時計の針が巻き戻る性急な感覚についていけず、思わず目を閉じた。

目を開けると、まだ元気で若かった頃の祖母が、わたしを心配そうにのぞきこんでいた。朝からすこし熱っぽかった。でも母には隠していた。学校から帰ってきたら一緒に誕生日のケーキを買いにいく約束をしていたから、もし熱があるとばれたら、買いにいけなくなると思った。

平気なふりをして学校に行ったけど、五時間目を迎える頃には熱がさらに上がったようで、もう目を開けていることもできなくなってしまった。

「お家の人に電話するわね」

保健室の先生がそう言った。迎えに来たのは、母ではなく祖父だった。

「お母さんは？」

祖父は人差し指で目の脇を掻《か》いただけだった。

自転車の後ろに乗せられ、病院に向かう途中で聞かされた。中学校から「道《みち》くんが暴れて同級生に怪我《けが》をさせました」という連絡があったのだと。同級生の怪我はたいしたことはないらしいがその親がひどく怒っているらしく、今日は帰りが遅くなるだろう、と祖父から聞かされ、ぐったりと目を閉じた。

病院で診察を受けるあいだも、調剤薬局で薬を待つあいだも、家に帰ってからも、ケーキはどうなるんだろう、ということばかり考えていた。

「ケーキは、おばあちゃんと買いにいこうな」

わたしの考えていることがわかっているみたいに言う祖母に背を向けて、頭から布団《ふとん》をかぶった。

「お母さんと行きたかった。おばあちゃんなんかと行ったたって意味ないもん」

楽しみにしていたのはケーキじゃない。母と、ケーキを買いにいくことだ。だってわたしの誕生日なんだから。日頃「手のかかる子」である兄のほうばかり見ている母が、その日だけは自分を見てくれるはずだと信じていた。信じられた。だって、まだ八歳だったから。

かわいい羽衣ちゃん、と祖母が歌った。ひどいことを言ったのに、祖母はそれでもわたしにやさしかった。かわいい羽衣ちゃん、と祖父が続けるのが聞こえて、布団から顔を出した。ふたりは、こっちが恥ずかしくなるぐらいにぴったりと身体を寄せあって、わたしを見ていた。

かわいい、かわいい、羽衣ちゃん。ささやくようなふたりの声を子守唄にして、いつのまにか眠った。

翌朝起きたら、熱は下がっていた。母の姿はすでになかった。

「道と一緒に、病院に行ったわ」

暴れた際、道自身も怪我をしていたらしい。暴れた理由は、その同級生にしつこくからかわれたからだという。どうしてそれぐらいのこと、がまんできないんだろう。わたしより、もうずっと大きいのに。あほちゃう、と呟《つぶや》いたわたしを、祖母も祖父も咎《とが》めなかった。

「羽衣子、またぶりかえすとあかんから、念のために学校は休みなさい。朝ごはんはどっちがええの？　ごはん？　パン？」

「アイスクリーム」

ぜったいにだめだと叱《しか》られると思ったのに、祖母はくすっと笑って「あら」と冷凍庫を開けた。

「バニラ、チョコ、いろいろあるわ。よかったね、羽衣ちゃん」

祖父はトーストを焼きはじめた。トーストをのせる皿はわたしが選んだ。祖父のつくったガラスの四角い大皿を指した。

「誕生日のお祝いもでけへんかったしな、今日は一日なんでも羽衣子のわがままを聞いてやろう」

どこまでも寛容なふたりと、目を合わせることができなかった。

青い、ところどころ緑がかった巨大なガラスの皿にのったトーストは、海に浮かぶいかだのようで、ぽつんとさびしげだった。祖母がわたしのトーストにアイスクリームをのせた。まずスプーンでひとすくい。もうひとすくい。おまけにもうひとすくい。三人乗りのいかだになった。もうさびしそうには見えなかった。わたしが笑うと、ふたりは、それはうれしそうに目を細めた。

その後はアイスクリームの上に砕いたくるみをのせたり、ジャムを追加したり、やりたい放題の朝ごはんを心ゆくまで楽しんだ。朝食の後で、祖母が百貨店におもちゃでも買いにいこうかと提案してくれたけど、行かなかった。いじけていたわけではなくて、祖父の仕事を見ていたかったのだ。

椅子を用意してもらって、昼ごはんができたと祖母に呼ばれるまでずっと、祖父が道具の手入れをしたり、研磨機をあつかったりする姿を見ていた。身のこなしにいっさいの無駄がなく、竿《さお》をひるがえしたり工房の中を自在に動きまわったりする祖父は、働いているというよりは舞っているようだった。

「なあ、今日の朝ごはんの時の、おっきいお皿な」

話しかけると、祖父はこちらを見ずに「うん」と答える。大皿は小学校の机ぐらいに大きかった。わたしはそれまでに何度か、祖父に教わってグラスや箸置《はしお》きをつくったことがあったけど、大きなものをつくる方法はまだ知らなかった。

「どうやってつくったん？」

どうやって、と繰り返した祖父の舞いがとまった。

「ガラスは、どんなふうにもなれるからな。大きくも、小さくも。細くも太くも」

羽衣子と一緒や、とそこで言葉を切った祖父が口の端で微笑《ほほえ》んだ。椅子に座って見上げているせいか、いつもより大きく見えた。

「羽衣子はこれから、なんにでもなれる。どんなふうにもなれる」

楽しみやなあ、と目尻を下げた時の祖父の顔と声は、それからも長いあいだ、わたしの中に残っていた。

なんにでもなれる。どんなふうにもなれる。

わたしは、なんにでもなれる。


「羽衣子！　こっちもうビールがのうなってしもたわ」

その声で、過去から現在に無理やり引き戻された。

光多おじさんがわたしに向かって茶色いビール瓶《びん》を振っている。ビールがなくなったのなら自分で取りにいけばいい。ここは光多おじさんの店だし、法要後の食事会をここでやると言い張ったのは光多おじさんなのだから。黒いネクタイをゆるめてだらしなくあぐらをかいた伯父《おじ》を軽く睨《にら》む。

わたしの母の兄であるこの人が、昔から苦手だった。こんなふうに、他人はすべて自分のために動くものだ、自分の思惑《おもわく》ひとつでいくらでも動かせるものだ、と考えていそうなところが、とくに。口を開きかけた時、光多おじさんの長男であるいとこの翔太《しようた》くんがわたしを手で制して、ビール瓶を運んでいった。

「暑いな」

次男の航平《こうへい》くんが大きな声で言って窓を開ける。下を見下ろして、なぜか一瞬「はっ」と笑った。

いちおう、という感じで上座に座らされている祖父は、以前より肩の肉が薄くなった。窓から入ってくる風で吹き飛ばされるんじゃないかと心配になるぐらいに頼りない。気力、体力、笑顔。祖母が入院してから亡くなるまでのこ二年近くの歳月は、祖父からさまざまなものを奪っていった。

「でな、とっさにこの子抱き上げてさ、ただひたすら震えとったわけよ」

左隣でやえちゃんが赤ちゃんを抱いたまま喋《しゃべ》り続けている。はとこのやえちゃんは今年の一月に出産したばかりだ。三月にあの地震がおこって、大阪でも震度3ぐらいの揺れが観測された。テレビではひっきりなしに津波の映像が流れ続けており、わたしでさえ震えがとまらなかったのに、まだ首も据《す》わらない赤ちゃんを抱えたやえちゃんはもっと心細かったことだろう。

ドラッグストアの棚から粉ミルクやおむつがぜんぶなくなって、買いものに苦労したという。それらのものがすべて被災地に送られたのか、あるいは地震で不安に駆られた人たちが買い占めたのか、もしくはそれらの製品の生産そのものがストップしているのか、それさえもわからぬまま、ただ混乱して過ごしていたそうだ。

「でも被災した人たちは、もっともっとたいへんな状況やし……、うん、そう……今もね」

なにを話しても、その結論に達する。自分たちだけがなにごともなく今まで通りに暮らしていることが後ろめたいような気持ちと、そう思うばかりでなにもできない不甲斐《ふがい》なさと、そういったものがわたしたちの口を重くする。

もっとたいへんな人がいる。その言葉を口にする時、人は自分自身の感情をないがしろにしてしまう。やえちゃんの感じた恐怖は、やえちゃんのものなのに。

最近自在に寝返りをするようになったという赤ちゃんはころころと畳の上を転がってみせ、年寄りたちの目を細めさせる。

「羽衣ちゃんもはよお嫁にいって子どもを産まなあかんで」

とつぜん話の矛先《ほこさき》がわたしに向いた。

「羽衣子はまだ二十歳《はたち》やし、学生なんやで」

母が口を挟んだが、彼女たちは「けど二十歳過ぎたらあっというまやで、恵湖《けいこ》」と、まるで気にする様子がない。

「結婚したらかならず幸せになるってわけでもないのに」

わたしにだけ聞こえる程度の音量で、母が呟く。

子どもも？　と訊《き》いたら、母はなんと答えるのだろう。子どもを産んでも幸せになるとはかぎらへん？　そう言ってやりたい。

ぶつけてはならない問いを飲みこむために、母から離れた。窓から通りを見下ろすと、道がいた。さっき航平くんが下を見て笑ったのはそのためだったのか。

ポケットに両手をつっこんで、ビルの前を行ったり来たりしている。人間が一か所に集まっている場所が苦手らしく、今日も開始三十分ほどで、たまりかねたように外に飛び出していった。四方八方から話し声が聞こえてくるのが苦痛なのだというが、その感覚がわたしにはさっぱり理解できない。なんだか繊細ぶっているように見えてしまう。そんなこと、人にはぜったいに言えないけど。

小学一年生の時、六年生の教室から脱走する道を目撃した。

雨が降っていた。校庭から「里中《さとなか》さん、待ちなさい」と言う先生の鋭い声が聞こえてきて、授業中だというのにみんないっせいに窓際につめかけた。道は、校庭を突っ切るようにして走っていた。

「里中さん」

道を追いかける先生が呼ぶたび、一年生の何人かは、こちらに顔を向けた。わたしたちが通っていた小学校は性別に関係なく、児童を名字にさん付けで呼ぶことになっていた。単純に同じ名字に反応してわたしを見ていた子もいたのだろうけど、何人かはあきらかに道がわたしの兄であることを知っていて、それでにやにやしながら反応をうかがっているようだった。

一年生の教室は一階にあった。道が走るたび、ぬかるんだ土が勢いよくはねた。追いかける先生も道も、傘をさしていなかった。どっちも必死の様子だった。

授業を邪魔された一年生の担任は「ほらみんな、自分の席に戻りなさい」と苛立《いらだ》たしげに両手を打ち鳴らし、最後にわたしの肩に軽く手を置いた。「あなたのお兄さんのせいで」と責められているようでもあり、「へんなお兄さんがいてたいへんね」と同情されているようでもあった。どっちにしろ、顔も上げられないほど恥ずかしかった。

道には苦手なものがたくさんある。複数の人間といっぺんに会話すること。さわがしい音。服についているタグ、人工甘味料、いつもと違うできごと。

もしかしたら道は、発達障害なのかもしれない。断言できないのは、母が道に診断を受けさせなかったからだ。学校に通っているあいだ一度そういう話が出たらしいのだが、母は「診断なんか必要ない」とはねつけた。真実に向きあうのがこわかったのかもしれない。

わたしたちの両親は、わたしが八歳、道が十三歳の時に別居した。父が出ていくかっこうではじまった別居だった。わたしはごく最近まで、父が出ていった理由は道のせいだと思っていた。道の育てかたをめぐって意見が対立し、両親の仲がこじれたのだと。

彼らは道のことでいつも言い争っていた。母の「他の子とは違うけど、道らしく生きてほしい」という願いと、父の「人並みに育ててやらないといけない」という意見は一度もまじわることがなかった。

父と仲が悪くなればなるほど、母は台所にこもるようになり、なにかの腹いせみたいにたくさんの料理をつくった。見栄えもよく、味もよかったその料理たちは、けれども、口にするたびわたしの気分を暗くした。母のありとあらゆる負の感情が料理と一緒に煮込まれていたり漬《つ》けられたりしていそうで、およそ食欲をそそるとは言いがたかった。

もともと趣味で料理のレシピサイトを運営していたのだが、日に二度三度更新することもあった。やがて出版社から、レシピ本を出さないかと声がかかった。それなりの売れ行きだったようで、母は「料理研究家・里中恵湖」として活動しはじめた。今も東京と大阪を行ったり来たりする生活が続いている。

父は今、女の人と暮らしているらしい。家を出てから知りあったわけではない。母とうまくいかなくなってからその女の人と深い関係になって、家を出た。これが正しい順番だ。女の人が先で、それから母との仲がさらに冷えた、という可能性もある。

もうとっくに修復不可能なはずなのに、いまだに離婚は成立していない。父は離婚を強く希望しているのだが、母が拒《こば》んでいる。わたしたちが小さかった頃は「子どものため」と言いはっていたが、そんなのは嘘《うそ》だ。ただ意地になっているのだ。

母は、父が幸せになることが許せないのかもしれない。そう思うと、お腹《なか》の内側がしんと冷える。

「四十九日も無事に済んだところで」

光多おじさんが声をはり上げる。一瞬、室内が静かになった。祖父がうつろなまなざしを光多おじさんに向ける。

母は顔も上げぬまま、海老《えび》の天ぷらをまずそうに齧《かじ》っている。光多おじさんは昔から、自分の妹が「料理研究家」なんていう（光多おじさんにとっては）よくわからないものとして活動していることがどうにも気に食わないようだ。父が出ていった時、光多おじさんは母に面と向かって「女が外に出たがるとろくなことがない」「家庭より自己実現ってやつか」と言い放った。それ以来、母は光多おじさんを忌《い》み嫌っている。祖母のお見舞いに行く時も光多おじさんの来ない時を狙《ねら》っていたし、通夜《つや》や葬式の打ち合わせの時も、ずっと視線を合わせずに喋っていた。

「あの家と土地、どうにかしようや」

「どうもしません。言うとくけど、わたしたちの家やからね」

天ぷらを飲みこんだ母が、低い声で答える。光多おじさんが「はっ」と馬鹿にしたように笑った。

「ちゃうで、お母さんの家やで、恵湖」

たしかにわたしたちが住んでいる家は、祖母のものだった。祖母が自分の父から相続した家に祖父が婿入《むこい》りし、光多おじさんとわたしたちの母が生まれ、光多おじさんはのちに家を出た。母は結婚し、里中姓になりはしたが、家を出ることはなかった。わたしたちの父がうつり住み、道が生まれ、わたしが生まれ、父が出ていき、そして今に至る。

兄ちゃんはうちの財産を狙ってる。祖母が死ぬ前から、母はよくそう言っていた。財産といっても預貯金はほとんどない。家と工房の建物と土地のことだ。それらはすべて祖母の名義のままになっている。

光多おじさんが祖母にたびたびお金を借りていたことはみんな知っていた。このお店の運転資金だとか、翔太くんたちの進学の資金だとか言って、けっしてすくなくはない金額を借りていった。祖父は「金なんか渡すな」と怒っていたのだが、祖母は光多おじさんには甘かった。

祖母の財産の相続人は、祖父、光多おじさん、母、の三人になる。法定相続分は祖父が二分の一、子どもふたりが四分の一ずつ。

大阪市内の私立高校に教員として勤めていた祖母は、祖父が吹きガラスの工房をはじめるための費用のほとんどをひとりで負担した。

「生きてるあいだにじゅうぶんせびったやろ、まだ足りひん？」

「せびったってなんやねん、お前こそあの家に寄生して暮らしてきたんやないか」

「あそこはわたしたちが住んでるの。お兄ちゃんには口出しする権利ないわ」

「俺は長男やで」

光多おじさんは「恵湖もじゅうぶん稼いでんねやろ、いっそ東京でマンションでも買ったらどないや」とか、「道も羽衣子も成人したんやからさっさと独立せえ」とか、「じつはあの土地を欲しがっている知り合いがおるんや」とかいろんなことを言った。母の反論は「お兄ちゃんには口出しする権利ない」だけで、どうにも説得力に欠けた。

「しかもお兄ちゃんは病院にもほとんど来てないし。お母さんを看取《みと》ったのはわたしたちや」

「店が忙しかったんや」

そこでようやく祖父が「やめなさい」と口を挟んだが、その声はひどく弱々しかった。

祖母の入院中に一度、光多おじさんが祖父につめよる姿を目撃した。

「お父さんも、お母さんに苦労かけた。勝手に会社辞めて、ええ年して学校なんか通いはじめて。学費も開業資金もぜんぶお母さんが出したんやろ？　あげくのはてにはもうかりもせん吹きガラスの工房、何年も続けて。あんたがそんなことせんかったら、お母さんももうちょい長生きしたかもしれんで」

刃物を振りまわすような喋りかたをする自分の息子に、祖父は反論する気力もなかったのか、その通りだから反論できなかったのか、ただじっとうつむいていただけだった。

「とにかく、家も土地もどうもしません。お父さんの工房もあるし」

「工房なんて、もうずっと閉めとるやないか」

祖母の病気がわかってからまもなく、祖父は工房を閉めた。溶解炉《ようかいろ》の火は、もう二年近く消えたままだ。

「光多おじさん」

わたしは声を上げた。みんながいっせいにこっちを見る。

「工房は稼働してないけど、おじいちゃんの作品はまだまだたくさんあるから」

ソノガラス工房の収入は吹きガラス教室が五割、店舗の売上が三割、あとの二割がオーダーの報酬《ほうしゅう》といったところだった。市内で情報誌を発行している会社が取材に来たことがあって、その時に祖父がそう話していたのを覚えている。もちろん、新規オープンのレストランなどからオーダーを受ける時もあるので、比率が変化する年もあるが。

オーダーがなくても、祖父は絶えず炉の前に立っていた。祖父がつくったグラスや花器は、とくに若い女性に人気があった。

工房にほど近い空堀《からほり》商店街には、昔ながらの鮮魚店や電器店、さまざまな真新しい飲食店や雑貨店が立ち並ぶ。空堀商店街周辺は「長屋再生プロジェクト」として、改装された長屋におしゃれなレストランやセレクトショップがテナントとして多く入っている。そこに来たお客さんが、このあたりまで流れてくるのだ。休業のはり紙をした後も、たびたびお客さんに「閉めちゃうんですか?」と残念そうに訊かれた。

二十代とおぼしき女性から、祖父への手紙を預かったこともあった。「ここで買ったグラスは今でも大切につかっています。お店の再開を心待ちにしています」みたいな、ファンレターと呼べなくもない内容だった。

入院中の祖母にそのことを話すと、祖母は「あの人、もてるんやで」とにやっと笑った。もうずいぶん症状が悪化していた時期だったけど、その瞬間だけわたしと同世代みたいに見えた。

「そうなん?」

「あの通り、ええ男やろ。うちの人は」

「うん。おじいちゃんはかっこいいね」

屈託《くったく》のない笑顔と、やわらかな言葉遣い。年をとってもなお異性をひきつける要素がそろっている。

「外見の話やないのよ」

祖母が枕に口もとを押しつけて苦しそうに咳《せき》をしたので、わたしはあわてて背中をさすった。

「おばあちゃん、おじいちゃんのこと、大好きなんやな」

祖母は苦しそうな息の下、「そうや」と照れもせずに答えた。めずらしいぐらい仲の良い夫婦だった。

「羽衣子、頼むで」

それが、わたしと祖母が言葉を交わした最後だった。祖父を頼む、という意味だったのだろう。数日後に祖母は昏睡《こんすい》状態に陥《おち》り、そのまま息を引き取った。

「なあ、工房、再開するよな、おじいちゃん」

肩を落としている祖父に向かって、声をはり上げる。祖父は反応しない。ただじっとうつむいて、自分の膝《ひざ》を見つめている。

「なんか言うてよ」

なあ、おじいちゃん。呼びかけたら、涙が滲《にじ》みそうになった。

陶磁器の製造販売の会社に勤めていた祖父が退職したのは、ちょうど道が生まれた年だったという。専門学校に入学し、祖父の言葉を借りれば「高校を卒業したばかりの若者たち」に交じってガラス工芸を学び、ちょうどわたしが生まれる直前に自宅の一部を改装して工房を建てた。

小学生の頃から、わたしも道も工房を手伝っていた。でも三人で作業をすることは一度もなかった。たとえば月曜から水曜までわたしが祖父の手伝いをするなら、木曜から日曜までを道が手伝う、といった具合だ。道と一緒にいるとかならず面倒なことがおこるから、同じ日に同じ場所にいることは避けた。

竿のあつかいも、炉の管理も、一から祖父に教えてもらった。今でもひと通りのことはこなせる自信がある。

自分で言うのもなんだけど、わたしはけっこう有能な助手だった。祖父はいつも「羽衣子は飲みこみがはやい」とほめてくれた。孫だから評価が甘かったわけではないと断言できる。いつだって具体的にわたしの良いところを挙げてくれた。たとえば、片付けがすばやく、かつ完璧であること。材料や道具のあつかいが丁寧であること。

高校生になり、工房から足が遠のいた。専門学校に入ってからはもっともっと遠のいた。課題もこなさなければならないし、バイトもしている。友だちと遊んだり、恋人のまことくんとデートしたりもする。要するにとても忙しい。そのうち。いずれ。ガラスのことならいつでも教えてもらえる。そんな油断はたしかにあった。

祖父が工房を閉めた後も、注文の電話がかかってきた。オーダーを受けつけていないと言えばほとんどの人はあきらめてくれたが、中には「なんでもいいから園《その》さんの手掛けたものが欲しい」なんて言い出す人もいた。

わたしに吹きガラスを教えてくれた祖父。重い竿を持たされてふらつくわたしを支えてくれた力強い手。自転車で病院に連れて行ってくれた時の広い背中。ままならないことにぶつかってうつむいてしまう時、そっと目を上げると、いつも祖父のやさしい笑顔があった。

いつも守ってくれた人、助けてくれた人、その人が今、わたしの目の前で力なく背中を丸めている。わたしの知ってるおじいちゃんと違う。思わずそう叫びたくなった。わたしの好きだったおじいちゃんと、ぜんぜん違う。

光多おじさんがフン、と鼻を鳴らす。

「ネットショップでも開いて在庫売りさばいたらええんちゃうか」

「そういうことではなくて……」

「あ、そしたらうちの店のほら、あの入り口の棚、あそこに置いてやってもええんやで。ま、そないに売れるとは思えんけど」

「そういう言いかたやめて」

「とにかく工房は、もう無理やろ。こんなんでは」

光多おじさんが祖父を顎《あご》でしゃくる。昔からそりのあわない親子であったらしいが、弱り切った祖父を小馬鹿にした態度をとるのは許せない。

助けをもとめて周囲を見まわすが、誰もが顔を伏せて黙りこんでいる。かかわりたくない、というみんなの気持ちが、見えない盾《たて》となってわたしを拒む。

赤ちゃんが泣き出した。やえちゃんがどこかほっとしたような顔で「よしよし」とあやしながら、そそくさと部屋を出ていった。

「ねえ、お母さんも、なんか言うてやってよ」

袖《そで》を引いたら、母が困ったように眉根《まゆね》を寄せた。祖父はもうなにか言う気力もないようだし、わたしがなんとかするしかない。

あらためて口を開いたが、ぜいぜいと息が漏《も》れただけだ。今すぐ光多おじさんを、いやこの場の全員を納得させられるような強い言葉が必要なのに、わたしの抽斗《ひきだし》のどこにも、それは見当たらない。口の中がからからに渇《かわ》いて、手のひらに汗が滲む。

「だめです」

ふいに、誰かが大きな声を出した。

いつのまに外から戻ってきていたのか。道は興奮しているらしく頬《ほお》を真っ赤にしていた。黒い服のかたまりをつっきるように早足で歩いてきて、わたしの隣に立つ。

「だめて、なにがやねん」

光多おじさんが眉間《みけん》に皺《しわ》を寄せる。

「工房は再開します。おじいちゃんがやらないならぼくがやります」

良い天気ですね。そうですね。そんなあたりさわりのない会話が、道はできない。そのくせ自己主張だけはしっかりする。

光多おじさんの表情が苦いものを口にしたように歪《ゆが》んだ。もともと道のことが苦手なのだ。本人の口から聞いたわけではないが、見ていればそうだとわかる。おそらくどうあつかっていいのかわからないのだ。

「……お前になにができんねん」

ふん、と光多おじさんが息を吐く。

「わ、わたしがやる」

緊張で乾いた舌が口蓋《こうがい》にはりついて、剝《は》がすのに苦労する。自分でもなんでこんなことを言っているのか、よくわからなかった。でももう後戻りできない。光多おじさんを黙らせるため？　道に負けたくないから？　わからない。でも、口に出して言ったら、ほんとうにずっと前からそうしたかったような気がしてきた。

「工房、わたしがやる。お兄ちゃんにまかせるぐらいならわたしがやるわ」

「羽衣子まで、なにを言うてんねん」

あほなことを、と言いかけて、光多おじさんは黙りこんだ。かたわらを見ると、道が片手を挙げていた。腕が耳につきそうなぐらい、まっすぐに、きっちりと。小学校の授業中なら「いい姿勢ですね」とほめられたかもしれない。

「はい、わかりました。では、ふたりでやります」

また勝手なことを言い出した。わたしと道がふたりで工房を？　冗談じゃない。

「商売やぞ、お前らにできるわけ……」

「お兄ちゃんには無理かもしれんけどわたしならできる」

「ぼくも羽衣子も、子どもの頃からおじいちゃんに教えられてきました。ふたりでやります。それならいいでしょう光多おじさん」

わたしはとっさに母のほうを見た。子どもの頃、道がおかしな行動をとりはじめた時、いつもそうした。「お母さん、お兄ちゃんがまたへんなことをしてる」と訴えるように。

でも視線は合わなかった。

母は道を見ている。いつだってそうだ。道には「他の人とは違う」というしるしがついていて、だから母はいつもわたしではなく、道の味方をする。

道のしるしを、うらやましいと感じたことはなかった。その特別さはかっこいいものでもすてきなものでもなかったから。周囲から疎《うと》ましがられ、避けられる類《たぐい》のものだった。

でもわたしはこの時、強烈に道に嫉妬《しっと》していた。

「道……」

祖父が呟き、いっせいにみんながそちらを見た。畳に両手をつき、立ち上がる動作はスローモーションの映像のようだった。

歩くというよりはよろめくような動作で数歩進んだ。道が祖父に歩み寄っていく。

「道、お前は……」

その続きは、でも、聞けなかった。祖父がその場にくずおれる。道が急いでその身体を受け止めなければ、畳に倒れ伏していただろう。

「お父さん！」

隣の母が叫ぶ声が、遠くから聞こえる。

2　2011年9月　道

座布団に顔を埋《うず》めると、家の匂《にお》いがした。家の匂い、としかいいようがない。祖父が昔からつかっている線香の匂いと、醤油《しょうゆ》とみりんでなにかを煮た後の匂い。牛乳石鹸《せっけん》の匂い。

祖父はいつも牛乳石鹸の赤い箱のほうをつかっていた。子どもの時、風呂に入るといつも牛乳石鹸をつかってソフトクリームみたいな泡を立ててくれた。手のひらでこちょこちょっとやっているだけのように見えるのに、すごくかたい泡ができるのがふしぎだった。

祖父はその泡から、いろんなかたちを生み出した。うさぎ、雪だるま、サザエの殻《から》、とぐろを巻いた蛇《へび》。

祖母の四十九日の法要の精進落としの席で、祖父が倒れた。救急車が呼ばれ、つきそったのは母だった。ぼくや羽衣子、いとこの翔太くんや航平くんがタクシーで駆けつけた時には、祖父は病院のベッドで浅い呼吸を繰り返していた。

疲労、というのが医師の見立てだが、年齢が年齢なだけにいちおう検査したほうがいいという話だった。タオルやコップ、必要なものを家から持っていかなければならないという母とともに、いったん家に帰ってきたところだ。

家に帰ったら気が抜けてしまって、手を洗うのがせいいっぱいだった。着替えなければならないことはわかっているのだが、身体が動かない。

「お兄ちゃん、着替えてから寝たらええのに。スーツぐちゃぐちゃ」

「疲れたんやろ」

うつぶせになったまま、呼吸を繰り返す。家の匂いは気分が落ちつく。眠いわけではないが、目が開けられない。疲労の限界を超えるとこうなる。

畳の部屋は居間につながっていて、居間は台所につながっている。母と妹の声が聞こえてくる。コーヒーの匂いがした。コーヒーの匂い、といってもあの土みたいな色の粉にお湯を注いだ瞬間の匂いとカップに注いだ後のコーヒーの匂いはぜんぜん違う。今は注いだ後の匂いで、そこに油で揚げたなにかの甘い匂いがまじる。たぶんコーヒーと一緒にドーナツかなにか食べている。

この家にはいつもお菓子がある。料理研究家という仕事をしている母は家を空《あ》けることが多い。月の半分以上は留守だ。母はそれを申し訳ないことだと感じているらしく、帰ってくる時にはかならず、たくさんの菓子をおみやげとして買ってくる。台所に積まれた菓子折は、けれどもほとんど食べられることがないまま積み上がっていき、賞味期限を迎える。母はいつもそれを大きなため息とともに、ゴミ箱に叩きこむのだった。

ふたりともぼくが眠ってしまったと思っているようで、まだスーツの話を続けている。羽衣子はなおも「着替えたほうがええのに」と言い、母がそれを「どうせクリーニングに出すし、べつにええって」と宥《なだ》めている。

匂いや音にふつうの人より敏感であることは、あまり歓迎されないことのようだ。コーヒーの匂いを嗅《か》ぎながら、昔のことを思い出す。羽衣子が小学生の頃、塾から帰ってきたのに髪や服からいつもと違う匂いを漂わせていたことがある。家族の前でなにげなくそれを指摘したら、羽衣子はとつぜんしどろもどろになった。あやしんだ母が追及したところ、塾をサボって友だちと遊んでいたことが発覚した。

母はすごく怒っていた。塾を休んだことではなく、隠しごとをしたのが許せないと言っていた。

羽衣子はごめんなさいごめんなさいと泣き、その後ぼくの部屋に来て「なんでみんなの前でばらすの？　性格悪！」と怒り、キーキー喚《わめ》いてゴミ箱を蹴《け》るなどした。一度捨てたゴミが床に散乱して、すごく嫌だった。

羽衣子がぼくのことが嫌いなのと同じく、ぼくも羽衣子が苦手だ。そもそも声が甲高《かんだか》くて金属音みたいだし、表情や態度がちょっとしたことで急変するから、同じ空間にいると不安になる。

たとえば朝は長時間洗面所を占領し、「今日は髪形が決まった」とにこにこしたかと思うと雨の天気予報に顔をしかめ、「最悪」と悪態までつく。朝食の目玉焼きがうまく焼けたと言ってはしゃぎ、服に醤油が飛んだと言ってこの世の終わりみたいに落ちこむ。ほんの数十分のうちに、それだけ気分が上下するのだ。見ているだけでどっと疲れる。

母は「女の子ってこんなもんや。いたってまともやで」とぼくを宥めた。それから、すごくすまなそうな顔をした。

まとも。ふつう。常識。世間。そういった言葉をつかう時、母はとても注意深くなる。そういったものがぼくを世界から弾《はじ》く言葉だと思っているのだ。でもときどき「うっかり」という様子で口をすべらせる。

「俺に言わせれば、道も羽衣子も恵湖も俺も、みんなふつうや」

祖父はぼくを、そんな言葉で庇《かば》った。食卓で、風呂場で、あるいは、工房で。

「そうなん？」

はじめてそれを聞いた時はまだ小学生で、それは違うんじゃないかなと思った。授業が終わるまで座っていられないのは里中さんだけですよ、と担任の先生は怒るし、クラスの子たちも、ぼくがなにかするたび「へん」「おかしい」と笑う。だから自分はみんなと違うんだ、と漠然《ばくぜん》と理解していた。

「ひとりひとり違うという状態こそが『ふつう』なんや。『みんな同じ』のほうが不自然なんや」

シミラーバッノッザセイム。祖父は呪文のような言葉を口にした。その頃、祖父は熱心に英語の勉強をしており、なにかと英語をつかうのがブームみたいになっていた。フィリピンから来た留学生が工房に通っていたせいだと思う。

祖父の呪文の意味を知ったのは、それから数年後のことだった。英語の授業中にとつぜん理解できた。似ているけれども同じではない！　興奮して立ち上がってしまい、先生にすごく怒られた。

Similar but not the same.

似ているけれども同じではない。ぼくが「みんな」とひとかたまりで見上げ、おそれている人びともまた、ひとりひとり違う人間なのだ、と祖父は言いたかったのだ。

「そもそもお兄ちゃんってさあ、あんなんでやっていけてんの？　職場で迷惑かけてんちゃう？」

ドーナツが口に入ったままなのか、羽衣子の声はややくぐもっている。

「そんなことはないと思うけど」

ファミリーレストランの厨房で働くようになって、もう七年になる。高校を卒業してすぐに就職した。ぼくは字を読むことも苦手だ。もちろん読めないわけではないが、他の人より時間がかかる。学校に通っていた頃は黒板をうつしている最中に先生が消してしまい、焦《あせ》っているうちにその後の授業が耳に入らなくなって、どんどん勉強についていけなくなった。

店長とチーフには、面接の段階で正直に自分のことを話した。そのうえで、採用してもらえた。

読むのは遅いが耳で聞いたことは理解できるので、伝票の読み上げを頼みたいということ。あいまいな指示をされるとわからないので、正確に伝えてほしいということ。たとえば「ジャガイモを何グラム分、二センチ角の大きさに切る」というように。

店長は「前例がない」と渋《しぶ》っていたけど、チーフはすごく理解のある人だった。「あいまいな指示を排除するということは、他のスタッフにとっても、けっして悪い結果は生まないと思います」と後押ししてくれたおかげで採用された。

もともとあった社内マニュアルに、さらに細かいチェックリストが追加された。結果的にミスや廃棄が減り、チーフの言った通り店舗全体の効率がよくなった、道くんのおかげや、と店長は満足そうだった。それからずっと、ぼくはその店で働いている。

あきらかにぼくのことを好きではない人も、中にはいる。彼らから矢継《やつ》ぎ早《ばや》に質問をされたり無意味に急《せ》かされたりしてパニックをおこしたこともあった。でも、辞めようと思ったことは一度もない。

ぼくにはあいまいな指示がわからない。「なんとなく」とか「だいたい」とか。あと「ノリで」「雰囲気で」とか。

もしそういうふうに言われた時は、具体的に数値等で指示してくれと相手に頼みなさい、と祖父に教わった。

「道、お前が自分以外の人のことがわからへんように、その人たちもお前のことがわからへん。お前の困難を理解でけへん。それはその人たちにとってはぜんぶ難なくできることやからな。自分が簡単にできることをできない人がいる、と想像するのは難しいことや。せやからお前は、なにが困難か、どうやったらできるか、自分の言葉で説明できるようになろう」

「どうして?」と責めるのではなく、「どうしたらいいか」を一緒に考えてくれる人は、家の中では祖父だけだった。羽衣子はあの通りだし、母でさえもときどきぼくとの意思疎通のできなさに苛立って「なんででけへんの?」「なんでわからへんの?」と声を荒《あら》らげる。祖母はやさしかったけど、なんとなくぼくにはあまり近づかないようにしているみたいに見えた。「道をどうあつかったらええんかわからへん」と祖父にこぼしているのを聞いたことがある。

ファミリーレストランの仕事は好きだ。はじめて自分で獲得したと感じられる場所でもある。だけど工房をやることになれば、仕事は続けられないだろう。

法要の雰囲気が嫌で外に出ていたぼくは、母の「はやく戻ってきて」という短いメールを見て、すぐに部屋に戻った。階段をのぼる途中で、泣きそうな羽衣子の声が聞こえてきた。

なんとかしたくてとっさに「ぼくが工房をやる」と宣言してしまったのだが、なぜか羽衣子も「いやわたしがやる」みたいなことを言い出した。

「わたしには、お兄ちゃんが社会人としてちゃんとやっていけてるとはとうてい思われへんねんけどな」

のろのろとまぶたを押し上げて、祭壇を眺《なが》める。今朝《けさ》までは、あそこに白い布に包まれた祖母の骨壺があった。今は花や位牌《いはい》や写真があるだけだ。あの祭壇は葬儀社の人から借りているもので、明日か明後日《あさって》に回収しにくる。

祖父からはじめて習ったのは、コップの作りかただ。最初はぜんぜんうまくいかなかった。へにゃっと歪んだりまっすぐ立たなかったりするできそこないばかりだった。だけど何度もやるうちにコツがつかめてきた。

コップに慣れると、祖父は蓋《ふた》つきの壺をつくる方法を教えてくれた。祖父は「小物入れ」と呼んでいた。

「小物ってなに？」

ぼくの質問に、祖父はすこし考えてから「お前のいちばん大切なものを入れなさい」と答えた。それからぼくの壺を目の高さに持ち上げて「良い出来や」と笑った。

全体的に薄い青のガラスに砕いた白いガラスで模様をつけた。空のように仕上げたかったのだが、思い描いた通りにはならなかった。

思った通りになることなんかない。だから吹きガラスはおもしろいのだと祖父は言うけれども。

あの壺にはまだなにも入れていない。大切なものはいろいろあるけど「いちばん大切か」と考えると、どれも違うような気がする。

「ところであんたのほうこそ、本気なん？　工房やるって」

母の声がぐっと低くなって、なぜかぼくが緊張する。

「本気よ」

「そしたら就職はせえへんってこと?」

羽衣子は専門学校に通っている。ほんとうは美大に行きたかったが、受験に失敗した。当時の母は「一、二年なら浪人をしてもええよ」と鷹揚《おうよう》だった。

「お金のことはお父さんにも援助してもらったらいい、あの人はまだあんたの父親なんやから」

しかしそれを聞いた羽衣子はあんな人に頼るのはぜったい嫌だと怒り出して、なんだかんだで今の専門学校を選んだ。ぼくたちの父はずっと前にこの家を出たし、外で会うこともないけれども、毎月母の口座にお金を振りこんでいる。母は「家族なんやから当然や」と主張しているが、羽衣子は気に食わないようだった。勝手に家を出ていった人のお金なんかつかいたくない、とのことだ。

「工房はわたしがやるの。お兄ちゃんにはあきらめてもらう」

「道と一緒にやったらええやん。きょうだい仲良く」

ぜったいに嫌!　羽衣子が急に大きな声を出したので、びくっと身体をこわばらせてしまった。

「あれ、道、起きてんの?」

お母さんに声をかけられて、もうごまかせなくなった。身体をおこすと、羽衣子と目が合った。「え」というかたちに唇《くちびる》が開く。

「まさか、盗み聞き?」

おそらく数秒後に響き渡るであろう羽衣子の絶叫に備えて、耳を押さえた。

3　2011年10月　羽衣子

祖父が運ばれたのは、祖母が入院していたのと同じ総合病院だった。

またここに通うことになるとは思わなかった。眠る祖父の顔を凝視《ぎようし》していたら、こめかみに鈍《にぶ》い痛みをおぼえる。指の腹でそっと押したら、ほんのすこしだけおさまった。

点滴がぽたりぽたりと落ちるのを眺め、閉めっぱなしのクリーム色のカーテンを眺め、また祖父の顔に視線を戻す。

「念のため」と受けた検査で、祖父の状態がかなり悪いことがわかった。心労と睡眠不足が原因らしい。祖母が死んで以来、酒量もぐっと増えた。わたしたちに隠しているつもりのようだったが。

尊敬していた祖父がどんどん弱く、頼りない存在になっていく。

落ちくぼんだ目元やこけた頬を見ながら、わたしは子どもの頃読んだ『狼王《おおかみおう》ロボ』という本を思い出していた。強靭《きようじん》な肉体と冴《さ》えた頭脳を持った狼のロボが、妻のブランカが捕《とら》えられたことで冷静さを失い、罠《わな》にかかって死ぬ、みたいな話だった。

弱く頼りない存在になった祖父を、わたしは嫌いにはなれない。むしろ、そんなにも愛されていた祖母がうらやましい。台の上には食事のトレーが手付かずのまま残されている。祖父はもしかしたら祖母とともに死にたかったのかもしれない。わかるけど、死なせるわけにはいかない。

掛布団の下の祖父の胸は、かなしくなるほどかすかにしか上下しない。

「ねえ、おじいちゃん」

ごく小さな声で話しかけるが、まぶたがぴくりと動いただけだった。

倒れる直前、祖父は道の名を呼んだ。「工房を継ぐ」と言ったのは道とわたしだったのに、道の名だけを。そのことがどれほどわたしを傷つけたか、祖父はわかっているのだろうか。

いよいよ頭が痛くなってきて、忍び足で病室を出た。廊下を歩いているうちにすこしましになったから、精神的なものがひきおこした頭痛だったのかもしれない。きっと、疲れているせいだ。

光多おじさん一家はあれ以来誰も病院には来ていない。わたしと母と道の三人が交替で祖父につきそっている。光多おじさんと祖父の仲が悪いのは、たんに相性の問題だと母は言う。ふたりの似通った部分が反発しあうのだろうと。やわらかい物腰の祖父と、横柄《おうへい》な物言いをする光多おじさんはまったく似ていないように見えるけれども、母に言わせると共通項が多いらしい。

「たとえば？」

「意外と脆《もろ》いところとか」

母とのそんな会話を思い出しながら、エレベーターで地下の売店に向かう。意外と脆いなんて、地球上の人間のほとんどにあてはまる。

お菓子の棚を眺めてみたが、食べたいものなんてなにもなかった。

「羽衣子ちゃん？」

名を呼ばれて振り返ったら、専門学校の同級生が立っていた。茂木《もぎ》くん。名前を思い出すのに数秒かかった。

「偶然やな」

茂木くんは笑っているようなすこし困っているような微妙な表情で「元気？」と言いかけ、「あ、いや」と口ごもる。元気？　はたしかに、あまり適切ではない。病院という場所では。

「あの、俺は怪我の通院で来てんねんけど」

包帯が巻かれた腕を持ち上げたが痛かったらしく、一瞬顔をしかめた。利《き》き腕を怪我したので課題の提出が遅れると、そういえば話しているのを小耳に挟んだような気もする。

「そうなんや。わたしは、おじいちゃんが入院してるから」

「そっか」

　ずっと祖父の顔ばかり見ていたせいか、茂木くんのつるつるした頬やいきいきと動く瞳がまぶしくて、目を逸《そ》らしてしまう。あまりにも生命力に溢《あふ》れていて、見ているとつらい。点滴かなにかでその生命力を祖父にわけてくれたらいいのにね、なんて、考えたってしかたがないことを考えてしまいそうになる。

「病室に戻らないと」

　病院に着飾っていくわけにはいかないからと、ほとんどメイクもせずに普段着で家を出てきてしまった。こんなふうに病院で知り合いに会う可能性なんて頭になかった。

　茂木くんははっきり言ってわたしの恋愛の対象外だけど、それでも男の子にこんな緊張感のない姿を見られるのは嫌だ。さりげなく眉のあたりに手をかざしながら「また学校で」と背を向けた。エレベーターを待っていると、茂木くんが追いかけてくる。

「羽衣子ちゃん、これ、よかったら」

　手の中に押しつけられた白い袋には、さっきの売店で買ったらしいチョコレートが入っていた。

「おじいちゃん、今はチョコレートとか食べられへん」

「いや、これは羽衣子ちゃんに。しんどくなったら、食べて」

　袋を受け取る時、指が触れた。茂木くんがあわてたように手を引っこめるのを見て、もしかしてこの人わたしのこと好きなのかな、と思った。

それについてはなんの感慨もない。すでにまことくんという恋人がいるからとかそういうことではなく、ここ数日はなにを見聞きしても心がぴくりとも動かない。いろんなことがいっぺんにおこりすぎた。

しんどくなったら、とこの人は言うけど、わたしはもうすでにずっとしんどい。でも、それは茂木くんには言わない。

エレベーターの扉が開く。ありがとうじゃあね、とエレベーターに乗りこんだ。茂木くんが怪我していないほうの手を振る。わたしが手を振り返す前に、扉が閉まった。

4　2011年10月　道

翔太くんの指に挟んだ煙草《たばこ》から、細い煙がたちのぼる。祖父の身体を焼いた時にもこんな煙が上がったんだろうかと思いながら、ぼくはそれを見つめている。

「火葬が先って、めずらしいな」

「まあ、そうやな」

翔太くんと航平くんが話しているのが聞こえる。友引《ともびき》がどうとか斎場の予約がどうとかの関係で葬儀の日程がのびたうえ、火葬が先でその後に葬儀をおこなうことになった。今しがた、火葬場から戻ったところだ。

入院したあとの祖父はどんどん衰弱していき、「ひとくちでいいから食べて」と母が懇願してもいっさい食事を摂《と》ろうとせず、点滴を打ってはいたが、八日目に息を引き取った。

ベッドの脇に置かれていた薬の袋の裏に、祖父の走り書きがあった。見つけたのは、母だった。葬儀社の車の到着を待ちながらみんなで病室を片付けている最中だった。

「ふたりで」

ひどく震えた弱々しい字で、そう書かれていた。どういう意味だろうかとみんなで考えた結果、ぼくと羽衣子のふたりで工房をやれという意味ではないだろうかという結論に達した。羽衣子は「お兄ちゃんとふたりでなんて、うまくいく気がせえへん」とごねていたが、祖父の遺言であれば無視できないだろう。

相次いで親を亡くした母のショックは相当なもので、火葬場に向かうマイクロバスが十メートルも進まぬうちに「気分が悪い」と言い出してバスを降りた。今は斎場に用意してもらった部屋で休んでいる。羽衣子は母につきそっており、だから火葬には立ち会っていない。

祖母の時も思ったけれども、身体がそこにあるうちは、息をしていなくても、なんとなくまだ「いる」ことで安心できる。だから臨終の瞬間よりも通夜のあいだよりも、火葬場で点火ボタンが押される直前がいちばんきつい。

あと一時間で葬儀がはじまるけど、みんななんとなく、ぼんやりしている。気が抜けてしまったような感じだ。

「なあ、道」

航平くんがぼくを呼ぶ。

「お前んとこのお父さん、通夜に来てなかったな」

祖母の時もそうだった。何年も離れて暮らしているとはいえ、まだ戸籍上では夫婦なのだし、線香ぐらいあげにきてもいいだろうと光多おじさんは文句たらたらだったが、ぼくとしては来ないほうがよかった。父が神妙な顔で手を合わせるのを想像しただけでわっと叫びたいような、たまらない気分になる。航平くんがまたなにか言おうとした時、母と羽衣子が控室に入ってきた。休んだおかげか、すこし顔色がましになっている。

入れ替わるように控室を出た。人口密度の高い場所はどうにも落ちつかない。

廊下を歩きながら、ポケットに触れる。

焼きあがった祖父の骨は、白くてきれいだった。祖母の骨は朽ちた部分がいくつもあったけど、祖父はもともと骨が丈夫だったのか、骨格見本みたいにきれいにぜんぶ残っていた。

でも骨壺には一部の骨しかおさめられない。残りはぜんぶ処分してしまうらしいと知って、考える前に手が動いた。

ぼくが立っていたのはちょうど、祖父の右上半身あたりの位置だった。ちょうど火葬場の係の人が骨壺の蓋を閉める瞬間で、みんなそっちを見ていた。祖父の右手の親指の骨をハンカチごしにそっとつかんで、ポケットに入れた。それは乾いていて、熱かった。胸が痛くなるほどに、軽くもあった。

骨を盗むことは、罪になるのだろうか。警察につかまるのだろうか。お墓をつくるのに埋葬許可証というものが必要なぐらいだから、勝手に人の骨を持ち出すことも法律で禁止されているのかもしれない。

控室からじゅうぶん離れた廊下に立ち、ポケットから骨を取り出す。控室のほうばかり気にしていたので、背後のドアが開いたのに気づかなかった。背中に衝撃を受けて、祖父の骨を取り落としてしまう。

「あっ、失礼しました」

だいじょうぶですか、とぼくにぶつかってきた黒いスーツの女の人が何度も頭を下げる。事務所から出てきた時、下を向いていたので人がいるのに気づかなかったという。

「怪我はしていないと思います」

すこし考えてから「こちらこそ失礼しました」と言い添える。黒いスーツの胸に『葉《は》山《やま》』という名札がついていた。それで、思い出した。昨日のお通夜の進行をやってくれていた人だ。祖母の通夜と葬儀の時は、斎場の人がわざとらしい涙声を出して司会をするのがなんともいえず気持ちが悪かったけど、葉山さんは終始淡々とした口調で、そこがよかった。

骨は葉山さんの足元に転がっていた。急いで拾おうとしたら「待ってください」と制止された。

なんでそんなことしたの？

ぼくがなにかするたび、周囲の人は訊く。ふつうはそんなことしないとか、常識で考えてそれはないとか、そんなふうにぼくを責める。

葉山さんが自分のポケットから白い手袋を取り出して右手にはめ、骨をそっと拾い上げた。

「ハンカチ、持ってますか？」

「はい」

ハンカチを広げると、その上に骨をのせてくれた。

「素手《すで》で触ると、カビが生《は》える原因になるので」

大切になさってください、と葉山さんは続ける。

「いいんですか？　あの……これ、火葬が済んだ後に勝手にポケットに入れたんですけど、ぼくは逮捕されますか？」

「逮捕？　いえ、それはないです。テモトクヨウをなさるんですよね？」

「テモトクヨウ？」

はじめて耳にする言葉だった。お骨を手元に置いて供養をすることを「手元供養」と言うのだそうだ。遺骨をペンダントなどに加工するかたもいらっしゃるので、と説明され、「ああ」と頷《うなず》く。たしかにそういうサービスがあると以前テレビで見たことがあった。

葉山さんに案内されて、入り口近くのロビーに向かう。ガラス棚の前に立った葉山さんは「これはすべて、手元供養のための骨壺です」と両手を広げる。

さまざまな素材とかたちの壺が並んでいた。たまごのかたちをしたステンレス素材のものや、陶器、蒔絵《まきえ》のものまであった。どれも手のひらにのるほど小さいのは、家に置いておくためのものだからか。

「ガラスのはないんですね」

「ここにはありませんが、ガラスの骨壺というものも、もちろんありますよ」

葉山さんは「吹きガラスの職人さんでしたね」とこちらを振り返る。

「いいえ、ぼくはファミリーレストランで働いています」

「いえ、いえ、あの、園さんです。園光利《みつとし》さん。遺骨はカビが生えやすいので、自宅で保存する場合は真空状態に保てる容器を選んでください。自宅に置いておく場合は問題がないのですが、もし今後お墓とはべつの場所に納骨をする場合は、書類が必要になります。骨を持ち帰ること自体は法的に問題があるものではありませんが、今後は念のため、火葬場のスタッフに声をかけられるといいかもしれません」

「そうですか。なにも知りませんでした。ありがとうございます」

いちばん大切なものを入れたらいい、と言われたあの壺。祖父とつくった壺。それに入れてもいいのだろうかと問うと、葉山さんは頷く。

「いいと思います。ただ、それだと真空状態を保つのは難しいでしょうね。業者さんを紹介しましょうか。お骨を洗浄して、真空パックにしてくれます。後で連絡先をお伝えしましょうか」

「はい、よろしくお願いします」

園さんは、お幸せでしたね。葉山さんがそう言った意味が、よくわからなかった。

「どういう意味ですか」

「こんなにお孫さんに慕《した》われて、お幸せだったと思います」

祖父が幸せだったかどうかなんて、誰にもわからない。だけど、そうだったらいい。そうだったらいいとは思うけど、やっぱりぼくは祖父ではないからわからない。自分が「そうだったらいい」という願望を都合よく真実だと思いこむのは、すごくずるいことだ。

5　2012年3月　道

しげみさん、しげみさん。溶解炉を熱するガスの音に負けぬよう、声をはり上げた。繁《しげ》實《み》さんの工房の入り口に宅配便の人が立っている。

大きな音は苦手だと最初に繁實さんに話した時、工房の音は平気なのかと確認された。聞き慣れているから平気です、とぼくは答えた。音の大きさより、音の種類のほうが問題なのだ。たとえばゲームセンターやショッピングモールなどの複数の電子音や音楽がまじりあう場所にいると、ひどく頭痛がしてくる。

なるほどなあ、と繁實さんはしきりに感心していた。それはおもろいな、とも言っていた。なにがおもしろいのか、よくわからなかった。

ぼくの声を聞きつけた繁實さんが振り返り、はんこを片手に歩いていく。ほっと息を吐いて、作業に戻った。溶解炉から発せられる熱が額《ひたい》や頬を焼く。汗ですべるサングラスを押し上げた。赤外線から目を守るために、サングラスは必須だ。

坩堝《るつぼ》に竿を挿し入れ、あかあかと燃えるガラス種を巻きとる。この瞬間がすごく好きだ。胸の奥が同じ色に染まって、明るく、熱くなる。巻きとったガラス種は「下玉《したたま》」と呼ぶ。いったんかたちを整え、下玉に新たなガラス種を巻きとって重ねる。

濡《ぬ》らした紙《かみ》リン（新聞紙を折りたたんだもの）でかたちを整える。じゅっという音とともに、焦《こ》げ臭《くさ》い匂いが漂った。今つくっているのはコップだ。母に頼まれた。母は去年から東京で料理教室をはじめた。大阪にいるのは一か月のうちのほんの数日だ。このあいだひさしぶりに帰ってきた時に、「東京で借りている部屋でつかうからつくって」と頼まれた。ビールがおいしく飲めるようなシンプルなかたちにしてね、と言われたが、母の思い描くシンプルがぼくにはわからず、図を描いて確認しあった。そのやりとりを不機嫌そうに見ていた羽衣子は「お兄ちゃんっていちいちめんどくさい」と呟き、母にものすごく怒られていた。

吹きガラスをする時に大切なことはいっぱいあるけど、なんといっても基本はガラスを冷まさないことだとぼくは思っている。一度吹いたらグローリーホール（再加熱炉）であたためて、かたちをすこし整えたらまたあたためなおして、吹いて、という工程を何度も、何度も繰り返す。

繁實さんは、作業中は目の前のことにだけ集中してなにも考えないで済むのがいい、と言っていたけど、ぼくはけっこう、いろんなことを考えている。

手を動かしていると、感覚だけがどんどん鋭くなっていく。その代わり、感情は遠くなる。だからいいのかもしれない。じっとしている時より、冷静にものを考えられる。

やわらかいガラス種はじっとしていたら重力で下を向いてしまうから、常に竿をまわし続けなければならない。習いたての頃はこれがどうもうまくできなかった。小学生の頃、竿だけを持って回転させる練習を暇さえあればやっていたことを思い出して、最近またその練習をはじめた。

祖父は昔、溶解炉の中のガラスを「燃える海」と呼んでいた。そのせいだろうか、ぼくは竿を持つ時、海を渡る小舟が頭に浮かぶ。

燃える海はまぶしすぎて、自分の進む方向すらはっきりと見えない。それでも竿を動かし、舟を漕《こ》ぐ。それと同じで、どんなに緻密《ちみつ》な完成図を描いても吹きガラスはその通りにはならない。信じて進むしかない。

作業用のベンチに座り、繁實さんを呼ぶ。ポンテ竿（穴の開いていない棒）にガラス種を巻きつけた繁實さんが近づいてきた。中心を見極めようとするように、繁實さんの目が細められる。ガラス種がぼくのコップの底に触れた。水平に保たれた竿がかすかに動き、ぱきんと音を立てて、ぼくの竿からコップが外《はず》れる。繁實さんと竿を交換し、また炉の前に立つ。そのあいだに繁實さんが道具を片付けてくれている。お互い作業中には無駄口を叩かない。祖父もそうだった。

繁實さんの工房で一から吹きガラスの修業をはじめて、半年が過ぎた。ソノガラス工房の再稼働は来週に迫っている。

繁實さんは、祖父が在籍していたガラスの専門学校の同級生だ。繁實さんは高校を卒業してすぐ入ったというから、親子ほどの年齢差があるのに入学してすぐに仲良くなったという。その頃の繁實さんはお金がなくて、しょっちゅう祖父にごはんを食べさせてもらっていた。繁實さんは卒業後、数年のあいだ食品加工工場で働いたのち、枚方《ひらかた》の自宅のそばに「繁實硝子《ガラス》製作所」という名の工房をつくった。そこでつれあいの人（繁實さんは配偶者のことを「つれあい」と呼ぶ）を助手に、グラスや食器をつくることを生業《なりわい》としている。祖父は、大きな鉢《はち》などをつくる時にいつも繁實さんを呼んでいた。繁實さんの製作を祖父が手伝いにいくこともあった。

吹きガラスの作業は、通常ふたり一組でおこなう。工程上、どうしても助手が必要になるからだ。簡単なもの、小さい作品ならぼくや羽衣子で助手がつとまった。もっと簡単なものなら、祖父や繁實さんはひとりでこなせる。

高度な技術を要する作品には、自分と同じぐらいの技術のある助手が必要になる。祖父と繁實さんは、とてもよいコンビに見えた。繁實さんは大柄な人で、祖父と並ぶと大人と子どものようだった。ぼくも他の人の目から見たらそう見えているのかもしれない。ぼくは祖父より背が高いけれども、繁實さんに比べたらずいぶん低い。

工房を継ぐと決めてからすぐに、繁實さんに相談しにいった。繁實さんはしばらく「食っていけると保証はでけへん」とか、「きみらが思ってるほど簡単なもんではないから」と難しい顔をしていた。困ったぼくらが黙りこむと、天井を向いて笑い出した。

「でも簡単なもんではないのも、保証でけへんのも、それはなんでも同じやから」

やってみたらええ。そう背中を押してくれた繁實さんは、他にもさまざまなことを教えてくれた。

まずガス設備の点検を頼む業者や材料の仕入先に口をきいてくれて、自分が経理を頼んでいる税理士さんを紹介してくれた。税理士さんの話では、祖父は個人事業主だったから、「継ぐ」といっても会社のようにはいかないのだそうだ。ぼくか羽衣子が「今から新規の事業をはじめます」という届を税務署に提出しなければならない。

すぐさま羽衣子が「じゃあわたしが代表になる」と手を上げた。今後ぼくは羽衣子の「事業専従者」というものになり、羽衣子から給料をもらう。事業主の給料は経費にはならないので云々《うんぬん》、という話はぼくにはさっぱりわからなかったが、羽衣子にはちゃんと理解できたらしい。熱心にメモをとっていた。

ソノガラス工房の名をそのままつかうことについては、羽衣子とぼくではじめて意見が一致した。店のほうは名前がなかったので、ここはひとつシンプルに『sono』でいこうと決めて、その日のうちに羽衣子が看板を調達してきた。専門学校の同級生につくってもらったそうだ。

やるならちゃんとやれ、ふたりともみっちり修業しなおせ、という繁實さんの言葉に従って、この半年間、ずっと羽衣子とふたりでこの枚方にある「繁實硝子製作所」に通っていた。

羽衣子は専門学校に通いながら。ぼくは、ファミリーレストランの仕事を続けながら。辞めますと伝えたのが去年の九月で、「人手が足りないから三か月待ってくれ」と言われて、年末まで働いた。

並行して開業の準備もしなければならなかったが、家に帰ると夕飯を食べながら寝てしまう日も多かった。

店舗の改装作業については、支出をぎりぎりまで切りつめることにした。壁を塗り替えたり棚をつくったりするのもぜんぶ自分たちでやった。土日になると羽衣子の専門学校の同級生が何人か手伝いに来た。

「デザイン科やからみんな器用やで」

その羽衣子の言葉通り、みんな手際が良かった。きゃいきゃい言いながらペンキを塗っている彼女たちを見ていたら、高校の文化祭のことを思い出した。クラスで模擬店みたいなものをやることになった時、クラス全員で準備をしなければならなかったのに、ぼくひとりなにをしていいのかぜんぜんわかっていなかった。

一緒に作業をしよう、と声をかけてくれるような友人はいなかった。あっちにいったら邪魔だと言われ、こっちにいったら足手まといだと言われ、うろうろしていたら先生に「さぼるな」と叱られた。羽衣子にはそんな経験は、おそらく一度もないのだろう。楽しそうな姿を見て、はじめて妹をうらやましいと感じた。

繁實さんは、ぼくと羽衣子をペアで作業させることにこだわった。これからずっと工房を一緒にやっていくのだから慣れておくべきだ、と。

慣れた、とはまだ言いがたい。息が合わずにささいな失敗を繰り返し、羽衣子はそのたび怒ってキーキー喚き、ぼくの頭は激しく痛む。

今日、羽衣子は繁實さんの工房に来ていない。再オープンにあたって、近隣の家にチラシをポスティングし、商店街のお店にもチラシを置いてもらえるよう頼むのだといってはりきってでかけていった。言ってはなんだが、やはり羽衣子がいないほうが作業が楽だ。これから先が思いやられる。お互い、耐えられるのだろうか？

ジャックと呼ばれる、金属製の大きなピンセットのような道具をコップの口に当て、すこしずつ広げていく。徐冷炉《じょれいろ》に入れたところで、繁實さんから「休憩しようか」と声がかかった。炉にはすでに丸蓋がかけられている。

壁の時計を見ると、十三時を過ぎていた。ぼくは以前、ファミリーレストランでの勤務中に脱水症状で倒れたことがある。厨房のスタッフがひとり休みで、ただでさえ手が足りないという時に団体客の注文があって、休む暇もなく動いていて水分補給をする余裕がなかったのだった。それからは一時間ごとにタイマーをセットして水分をとることにした。繁實さんの工房でも同じことをやっているのに、それでも時間の経過がうまく把握できない。休憩しようかと声をかけられるたびに、もうそんな時間かとびっくりする。

手を洗って、工房を出る。「繁實正和　咲」という表札のかかった玄関の戸がからりと開いて、繁實さんのつれあいの人である咲《さき》さんが顔を出した。

「呼びに行こうかと思ってた。もう一時過ぎよ。遅かったね」

「すみません」

繁實硝子製作所では、お昼休憩は十二時三十分からと決まっている。繁實さんはぼくの作業が終わるまで待っていてくれたのだ。

ええねんええねん、と繁實さんが顔の前で片手を振る。よくない、と咲さんが声を荒らげた。

「時間ぴったりになんか終わるわけないって、いつも言うてるやろ」

「こっちは休憩時間に合わせてごはんつくってんの。ちゃんとして」

いちばんおいしいタイミングで食べてもらえるようにつくっているのだから、休憩時間に合わせて作業を調整すべきだ、という咲さんの主張はとてもよく理解できるし、そのたびになんとかしようと思うのだが、毎回忘れる。

でもここに通うのも、あと数日だ。

「あとすこしやな、道らがここに来るのも」

「なんか、さびしいなあ」

ぼくの考えていることがわかったみたいに、ふたりが顔を見合わせる。

「お世話になりました」

居間のちゃぶ台についてから、頭を深く下げる。繁實さんは照れたように鼻の下を指でこすって「食べよか」とだけ言った。

　運ばれてきた豆腐とわかめの味噌汁《みそしる》とごはんが勢いよく湯気を立てている。千切りキャベツが添えられた鶏のからあげを口にほうりこんでから、繁實さんが「順調か?」と訊《たず》ねた。

「順調か、というのはどういう意味ですか、繁實さん」

「開店準備……ソノガラス工房と店を開店するにあたって、なにか困っていることはないか、と訊いてるんや」

「そうですか。今のところはありません。いえ、ありました。骨壺のことで羽衣子ともめています」

「ああ」

　味噌汁を啜《すす》ってから、そのことね、と頷く。昨日、羽衣子からも同じ話を聞かされたという。

「羽衣子が骨壺を売るのは嫌だと言っています」

「うん。聞いてるよ。ぜったい嫌や言うてたで」

　だって、骨壺って。羽衣子はそう言って眉間に皺を寄せていた。なんかこわいやん、とのことだった。

「すごかったな、あの時も」

葬儀の後、繁實さんと咲さんがふたりで家に来てくれた。

自分も両親を亡くしているからわかるのだと主張する咲さんたちは、遠慮するぼくたちにまるで取り合わなかった。さっさと家に上がってきて、食事の用意や電話の応対、喪服をクリーニングに出す、集まった香典を計算してノートに記録する、といった雑用をてきぱきと片付けてくれた。

咲さんの言う「あの時」とは、ぼくが火葬場から持ち出した祖父の骨を見せた瞬間のことだ。ぼくも「あの時」のことは忘れられない。ぼくがポケットから出した骨を見るなり羽衣子が例の金属音じみた悲鳴を上げ、「ありえへん」「ひくわー、なんなん」とか、「なに考えてんの?」とぼくに向かってティッシュの箱を投げたからだ。

「信じられへん!　それどうするつもり?」

「これに入れる」

ぼくが自分でつくったガラスの小物入れを見せると、また「信じられへん!」だった。葉山さんから聞いた手元供養の話をしてもいっさい聞いてくれなかった。

母が「ええやないの、道の好きにさせてあげたら」と羽衣子を宥めてくれなかったら、あのままずっと喚き続けていたに違いない。

祖父の骨を入れたガラスの壺は居間の棚に置くことになったのだが、羽衣子はその棚の前を通る時、不自然なまでに首を捻《ね》じ曲げる。

見んようにしてんねん、いくらおじいちゃんのお骨でもさ、わざわざ家に置いとく必要ないやんってわたし思うし。お兄ちゃんのああいう性格ほんまなんとかしてほしいわ。というようなことを、わざわざぼくの部屋の前まで来て聞こえよがしに誰かに電話していた。

「ま、羽衣ちゃんの気持ちもわかるよ」

それまで黙っていた咲さんが急に顔を上げた。そういう死をイメージさせるようなものは避けたいんやろ、と予想通りの意見を口にする。

死は、おそろしいものだ。避けたい、という気持ちは、ぼくにだってちゃんとわかる。祖母の病気を知った時、こわくて全身が震えた。最期の日まで、今日も生きていてくれた、明日もどうか、と願い続ける日々だった。

たいして祖父の時は、急すぎてこわがったりいろいろ考えたりする余裕がなかった。病院で臨終を迎えた後、家に祖父を連れて帰った。その夜は祖父の隣で眠った。耳や鼻の穴に脱脂綿をつめられた祖父は完全に死んでいたけど、すこしもこわくなかった。

祖父の死を避けられるなら、なんだってした。でも無理だった。生まれるのと死ぬのはワンセットだった。ありとあらゆることを教えてくれた祖父から、最後の最後に、また学んだ。

「ぼくは骨壺をつくりたいです」

あの葉山さんに教えてもらった。大事な人の骨をずっとそばに置いておきたいと考えることは、おかしなことでもなんでもないと。

仮におかしなことだとしても、そう考える人がぼくの他にもいるとしたら、ぼくはその人たちのために美しい骨壺をつくりたい。

「まあ羽衣ちゃんはもともと道くんに反発しがちなとこあるからなあ」

繁實さんの言葉に、咲さんがうんうんと大きく頷く。

「そう。見てたらいっつもそんな感じや。なんでお兄ちゃんばっかり、なんなん、お兄ちゃんずるい！」

後半は声が異様に甲高かった。似てる似てる、と繁實さんが手を叩く。どうやら羽衣子の真似《まね》をしていたらしい。

「まだ子どもみたいなもんやからな、羽衣ちゃんは」

ふっと目を細めた繁實さんと咲さんのあいだには子どもがいない。欲しかったけれどもできなかった、と言っていた。二十歳の羽衣子は、ふたりのあいだでは「娘みたいな存在」であるという。そして同じ祖父の孫でも、ぼくにたいしてはそういう感情がいっさい湧《わ》かないそうだ。

ごめんやで、と謝られたが、ぼくにとっても繁實さんや咲さんは「親みたいなもの」ではないので、おあいこだ。

「羽衣ちゃんはなにをつくりたいんやろ」

「知りません。好きにすればいいと思う」

つめたいな、と咲さんが顔をしかめる。羽衣子がすること、したいことはぼくが決めることではない。だから好きにしたらいいと思うとしか言いようがない。どうしてそれが「つめたい」なんだろう。

「とにかく、がんばってね。道くん」

「うん。応援してるで」

困ったことがあったらいつでも連絡して、と励まされて、繁實さんの家を出た。スマートフォンに羽衣子からのメッセージが入っていた。チラシぜんぶ配り終わったで、という文章とともに、Vサインをつくる手の絵文字がくっついていた。

6　2012年4月　羽衣子

真っ白な木の板にそっけない文字で書かれた『sono』の文字を指でなぞる。ドアにかけた札を『CLOSED』から『OPEN』に裏返す。とうとう、この日が来た。

今日まで、近所や知り合いにチラシを配りまくった。それだけでなく、ショップカードもつくって、空堀商店街の雑貨屋さんや飲食店にも置いてもらうことにした。

開店の十時から一時間経過しても、お客さんは来なかった。予想はしていた。問題ない。開店準備を手伝ってくれた友人のみやちゃんやゆきなや前田《まえだ》から「後で顔出すね」や「昼に行くねー」と立て続けにLINEが入る。

まことくんは「仕事だから今日は行けそうにないな」と残念そうだった。なんにもしてあげられないけど、と言っていたのに、さっきお祝いの花が届いてびっくりした。わたしの好きなピンクのガーベラ。こういうところが、すごく好きだ。

繁實さん夫妻や専門学校の先生も花を贈ってくれた。一気に華やかになった店の外を見やる。道の関係者からの花はひとつもない。友だちがいないのだろう。

開店おめでとうという連絡に、ひとつひとつ返信していく。茂木くんからも「おめでとう、近いうち行きます」というメッセージが届いていた。

「茂木くんて、ぜったい羽衣子のこと好きやんな」

ゆきなたちはいつもそんなふうに、わたしを冷やかした。

「つきあったらぜったい大事にしてくれるタイプやと思う」とも言っていたけど、わたしにはまことくんがいるから、茂木くんとどうにかなる可能性はない。

まことくんと出会った時、わたしはまだ高校生だった。カフェで勉強していたら、声をかけられたのだ。当時まことくんは大学を卒業したばかりで、東京に本社のある会社に就職して大阪支社に配属されてこっちに来た、大阪には友だちがひとりもいない、と言っていたから、連絡先を交換した。この話をするとみんな「ナンパされたってことやな」と言うけど、そんな軽薄な感じではなかった。慣れない大阪で、ほんとうにさびしかったのに違いない。

背が高くて、笑顔がかわいくて、髪形や服装がおしゃれすぎないところがよかった。わたしの十八歳の誕生日に「つきあおうよ」と言われ、それから今日までつきあいが続いている。はじめての彼氏というわけではない。中学でひとり、高校でひとり、いた。どちらも向こうから告白されてつきあったのだけど、もちろん相手のことはちゃんと好きだった。でもまことくんと出会った後では、子どもの遊びみたいに思える。彼らはいつも、部活だのゲームだのとつまらない話ばかりしていた。中学の時の彼氏だった中尾《なかお》くんとは手をつなぐだけで終わったけど、待ち合わせ場所に現れた瞬間から「なんとかして手をつなぎたい」という願望を、壊れた蛇口《じゃぐち》みたいにタラタラ漏らしていた。ずっと手を出したりひっこめたり指をもぞもぞさせたりして、見ているこっちが恥ずかしかった。

高校一年の時につきあった西田《にしだ》くんにいたっては、「つきあって三か月記念」などと言ってガチャガチャのカプセルに入ったへんな犬のソフビをくれるような意味不明な人で、もうそれだけで嫌いになってすぐにお別れしてしまった。

でもまことくんは違う。わたしの見たことのない映画、読んだことのない本をたくさん知っているから話題が豊富で、誕生日にはいつもわたし好みのアクセサリーをプレゼントしてくれるし、いろんなものごとの運びかたがすこぶるスマートだ。はじめて部屋に遊びに行った時なんか、気がついたらソファーで髪を撫《な》でられていたし、気がついたら服を半分ぐらい脱がされていたし、痛いとかこわいとか思う間もなくうっとりした心地のまますべてが終わっていた。

まことくんは、道と年齢がそう違わないけど、比較にならないほど大人だ。もっとも道に比べたら、みんな大人かもしれないけど。

お客さんは来ない。近所の人がちらっとでもいいからのぞきにきてくれたらいいなと期待しているのだが、誰も現れない。道は工房のほうで作業をしている。

手持ち無沙汰《ぶさた》すぎて、たいして溜《た》まってもいない棚のほこりを拭《ふ》くわたしの右手の薬指には、シルバーのリングが嵌《はま》っている。十九歳の誕生日にシルバーのリングをプレゼントされた人は幸せな結婚ができるというジンクスがある。だからまことくんにねだって買ってもらった。

まことくんは、いずれ東京の本社に戻らなければならないことになっている。でもわたしがいるからまだ大阪を離れたくないらしい。

はっきりと言葉にされたことはないけれども、まことくんはわたしとの結婚を考えているんだろう。もちろんわたしも考えているけど、今すぐには困る。工房ははじまったばかりだし、やりたいことがたくさんある。

父と母が不仲になったのにはいくつもの原因があるけど、ひとことで言ってしまえば、お互いを大切にしなかったからだ。まことくんとわたしは、あんなふうにはならない。ならないようにしたい。しっかりとした信頼関係を築いたうえで結婚というかたちを選択できたら、それがいちばんいい。

　棚を拭いた布は、やっぱりほとんど汚れがついていない。でもガラス作品がほこりをかぶっていたら興ざめだから、掃除はまめにしよう。

　食器やアクセサリーを買いにきたお客さんが嫌がるに違いないからだ。

　もめにもめた結果、道がつくった骨壺は店には並べないことに決めた。

　店のドアが開く。いらっしゃいませ、と言いながら振り返ったら、お客さんじゃなくて道だった。

「あ、あの、お客さん、やで」

　緊張のためか、道の額に汗が滲んでいる。その背後から、小柄な女性が姿を現した。

　店に入ってきてくれたらいいものを、工房の道に声をかけたのか。店のドアは閉めているから、入りにくかったのだろうか。

　道の額の汗が玉になって流れ落ち、こめかみを伝う。

「いらっしゃいませ」

　はじめてのお客さんだ。しかも見たところ近所の人でも知り合いでもない。「あなたが第一号です、ようこそ」と手を握りたいような気持ちを抑えて、店内に招き入れた。

四十代か、五十代。それぐらいの年齢に見えた。質素な服装で、髪には白いものが目立つ。女性は店内を見まわしてから、困ったように「あの、あっちにあるような骨壺は……？」と掠《かす》れた声を上げる。

工房にはいつのまに用意したのか、通りからよく見える位置に置かれたベンチに骨壺が並んでいた。ご丁寧に「骨壺あります」とはり紙までしている。

「なに勝手なことしてくれてんの」

後を追ってきた道を小声で叱りつける。腹立ちまぎれにはり紙を剝がしてくちゃくちゃに丸めてやった。

「羽衣子は皿やコップと並べるのは嫌やと言うた。だから店には置いてない」

「屁理屈《へりくつ》やん」

「骨壺を欲しがっている人はいる。現に今この人が通りかかって興味を示してくれた」

「この人っていうのやめて、ちゃんと『お客さま』って言いなさい。あと骨壺、骨壺ってでかい声で言うのやめて、うちは骨壺屋やないんやから」

「え、これは骨壺やないんですか？」

女性が小さく叫ぶ。「骨壺です」という道の声と「違います」というわたしの声が重なった。

「骨壺をさがしてるんです」

女性はわたしと道の顔を交互に見ながら、おずおずと言う。

「娘のための、骨壺です」

ピンク色のガラス壺が欲しい。それが今日来た女性、山添《やまぞえ》さんの希望だった。亡くなった時、娘の杏美《きようみ》さんは二十歳だった。先天性の病気で、子どもの頃から入退院を繰り返していたという。

「おしゃれなものやかわいい服が大好きな娘でした」

わたしがすすめた椅子に座り、山添さんはバッグの持ち手をぎゅっと握った。

「入院中につかうマグカップやパジャマにもすごくこだわりがあって、たいへんでした。だけど、外にショッピングにも行けない子だったんです。通信販売やネットショップで好きなものを買うぐらい、いいじゃありませんか。たとえどこにも着ていけなくたって。お人形が着るようなワンピースを着て、病室のベッドでにこにこしてました。そんなあの子があじけない真っ白の陶器の骨壺に入ってるなんて」

言葉を重ねるたびに、バッグの持ち手を握りなおした。力が入りすぎて、指先が白くなっていた。

杏美さんは昨年末に亡くなった。お骨はまだ家にある。「あじけない真っ白の」骨壺に入ったまま。これが娘です、と示された写真の杏美さんは、ピンクのガーリーなデザインのワンピースがよく似合うかわいらしい女性だった。袖口からのぞいている手は、はっとするほど細い。

「それで、その人買っていったの？　骨壺」

キッチンから聞こえるまことくんの声はくぐもっている。つまみぐいしているのかもしれない。わたしはフォークを並べる手を止めて「ううん。買わんと帰っていったわ」と答える。

店を閉めてから、まことくんの部屋に来た。今日はさすがに疲れたから、以前つくって冷凍しておいたミートソースをつかったパスタにする。サラダは途中で買ってきた。キッチンに戻ると、まことくんはやっぱりサラダに入っているたまごを食べていた。ふくらんだ頬のまま、肩をすくめる。いたずらが見つかった子どもみたいでとてもかわいい。

湯の中でペンネが踊る。穴あきのお玉でちょいちょいと沈めていると、肩越しにまことくんものぞきこんでくる。メガネが曇ったようで、シャツの裾《すそ》でごしごし拭いている。まことくんは普段はコンタクトレンズをつけていて、帰宅後にすぐ外す。メガネをかけたまことくんの顔は、親しい人間しか知らない。だからわたしはメガネをかけたまことくんを見るのが大好きだ。

「違う、って言うねんな、その人が」

ピンク色、としか山添さんは言わない。道がいくつかつくっていた骨壺にはピンクのものもあったのだけれど、それは「違う」とのことだった。

ピンクにもいろいろあるし、具体的にイメージしている色やデザインがあれば教えてほしいと道は頼んでいたが、山添さんは「そういうことやなくて、ただ『違う』ってことだけがわかるんです」と眉を下げるだけだった。

「厄介《やっかい》だね」

まことくんが冷蔵庫からビールを取り出している。フライパンの中でソースがふつふつと沸騰《ふっとう》しはじめた。茹《ゆ》で上がったペンネがもうれつな湯気をあげている。ペンネをソースにからめているあいだに、まことくんがサラダをテーブルに運んだ。

とにかく違うんです。小さな声で、けれども断固たる口調で繰り返す山添さんの横顔を思い出す。おとなしそうな顔をしてけっこう難しい人のようだ。

山添さんは、杏美さんにふさわしい骨壺を見つけようと、仏具店や葬儀社の運営する店舗などをすべてまわった。

手元供養を望む人と、そのニーズにこたえるための商品は、この世にたくさん存在する。山添さんが帰ってからためしにネットで「ガラス　骨壺」と検索してみたら、けっこうな数のネットショップがヒットして、ようやくそのことを知った。

わたしの目には無数に骨壺の種類があるように見えたが、それでも今まで山添さんがこれだと思うものは見つからなかったらしい。

困り果てた山添さんは、今日になって「はじめから骨壺として売られているものでなくてもいいのではないか」と思いついた。たとえば杏美さんが好きそうな宝石箱などにお骨をおさめるのもありではないか、と。そうして生前杏美さんにせがまれて連れていったことのある雑貨屋などを見てまわったが、やはりどれもぴんとこなくて、その店で偶然手にしたソノガラス工房のチラシを手にやってきたのだった。

「それで、どうなったの、その人」

まことくんがサラダのトマトにフォークを突き刺す。

「お兄ちゃんが『かならずつくります。何日かください』って約束してた。山添さんは『わかりました』とか言って帰っていったけど、どうするつもりなんやろ」

まあいいけど。そう言って息を吐いたら、自分でも恥ずかしくなるぐらいいじわるそうな感じに聞こえた。ごまかすように、咳払いをひとつする。

「お兄ちゃんが骨壺をつくったり売ったりするのは、もうしかたないわ。あきらめた。でもわたしはそれにタッチせんとこうと思うのよね。本人にもはっきり言うたった。骨壺関係は手伝う気はないからねって」

わたしはガラスのかわいいアクセサリーや器をつくりたいのだ。骨壺なんかではなく。生活にアートを取り入れる手伝いがしたい。祖父みたいに。

「羽衣子が好きなのは、アーティストとしてのお祖父《じい》さんだもんね」

まことくんの目が細められる。視線は壁の絵のほうに向けられていた。わたしが描いてプレゼントした天使の絵だ。

祖父は特別な人だった。すこし方向性は違うけど、母もそうだ。自分の才能を生かして、自分の人生を切り開いている。わたしもそうなりたい。

特別な人間になりたい。道みたいに、周囲に足並みを合わせられず見下される類の特別さではなく、みんなが「すごい」と憧れ見上げるような特別な人間になりたい。身も蓋もない言いかたをすれば、そうなる。でもみんな似たようなことを思っているんじゃないのだろうか？

わたしはずっと月並みな人間だった。落ちこぼれでも優等生でもない、なにをやらされても平均的にこなせる。けれども突出したなにかをまだ持っていない。まだ、だ。まだ、さがしている途中だ。自分でもまだ見つけられない才能。人より抜きん出て優れた部分。他人よりずっと優れた感性。かならず、わたしの中にあるはずだ。それを見つける。ぜったいに、見つける。

それから数日、道は毎日朝はやく出ていって、夜遅く帰ってくるようになった。工房も店もわたしにまかせっきりだ。咲さんが言うには、繁實硝子製作所と山添さんの自宅を行ったり来たりしているらしい。

「男ふたりで頭突き合わせて、ああでもないこうでもないってゴソゴソ相談してるわ」

つくるものが骨壺ならば手伝う気はない、と言った手前、どこに行っているのか道には訊けなかった。今日咲さんが来て、教えてくれた。道は山添さんの望み通りの骨壺をつくるため、山添さんの家に通っては話を聞き、そして繁實さんに相談にのってもらっている。昨日からようやく実際に作業をはじめたそうだ。

「羽衣ちゃんひとりで困ってるんちゃうかと思って。あっちは男ふたりにまかせて、手伝いに来たわ。なんか困ってることない？」

咲さんは「吹きガラスの作業でもなんでも手伝うで」とはりきっている。長年繁實さんを手伝ってきた人だし、道なんかよりずっと頼りになる。ふたりで店に立つのも楽しい。

まだわたしの知り合いがほとんどだけど、ぼちぼち新規のお客さんも来てくれるようになった。すこしずつ売上も上がってきているけど、利益が出るほどではない。

「ねえ咲さん、うちは家賃とかただやからええけど、借りてやってるんなら、ぜったい無理ですよね」

「まあ、そうやろね」

休憩時間に自宅に戻り、咲さんとふたり縁側に並んでお茶を飲んだ。家賃はいらないけど、とにかく燃料代が高い。この費用をどうやって捻出《ねんしゅつ》するかが、今後のいちばん大きな課題だ。

「やっぱ、教室ですよね」

祖父もそうやって収入を得ていた。

「そうねー。え、道くんが教えるってこと？」

「まさか」

「な、ちょっと無理やろな」

道が人になにかを教えられるわけがない。

「ていうか、表の看板すごいな」

なんのことだかよくわからず、首を傾《かし》げる。

「え、『骨壺あります』って。表に看板出てたで」

急いで外に出て見ると、ソノガラス工房の看板の脇に「骨壺あります」と書いたベニヤ板が立てかけてあった。また勝手にこんなもん置きやがって。怒りで息が荒くなり、喉《のど》の奥から「んばっ」というへんな声がほとばしり出た。有無を言わさず撤去し、家の裏のゴミ箱に捨てる。

「咲さん、お茶のおかわり、淹《い》れますね」

緑茶を淹れなおそうとして、かたわらに置かれた瓶が目にとまった。

桜の塩漬けの瓶だった。そういえばこのあいだ母が帰ってきた時、桜の塩漬けを炊きこんだ桜ごはんをつくってくれた。すこし考えて瓶の蓋を開け、ぬるま湯で塩抜きをする。

湯呑《ゆのみ》ではなく、ガラスの茶器を取り出した。

「桜茶にしました、ちょうどうちにあったんで」

「あら、すてき」

茶器の底に咲いた桜の花を、咲さんは思いのほか喜んでくれた。目の高さに持ち上げて、きれいやねえ、と微笑む。

「ね。ほんまにきれい。それにいい香り」

湯の中で揺蕩《たゆた》う花びらを日光に透かしてみる。春を口にするなんて、すごくぜいたくだ。

「羽衣ちゃん、道くんとうまくやっていけそう?」

微笑んだまま、咲さんが訊ねる。

「……わかりません」

周囲は道のことをどうあつかっていいのかわからないように、道もまた周囲にどうかかわっていけばいいのかわかっていない。でもそれは道のせいではない、と祖父や母はわたしを諭した。言いたいことはなんとなくわかったけど、どうしても感情の面で折り合いがつけられない。

「うちの兄ってね、いろんなことがスッとできないんですよね。たとえば、脱いだ服を畳むとか、ゴミをゴミ箱に入れるとか」

「うん」

「だから、なにかできるようになるたびに母たちは兄をほめるんですよね、昔からそう。でもわたしは、なんでもできてあたりまえ。ほめられることなんか、めったになかった」

それってなんか、と言い淀《よど》んで、桜茶に口をつける。ほんのりとした塩の味とともに、わずかな苦みが舌の上に残る。

「ずるい、って思ってしまうんです。お兄ちゃんばっかりずるいやんって。子どもみたいやけど」

子どもみたいなことを言っちゃいけないと思っているけど、子どもの頃に満たされなかったのだから、どうしようもない。

そうやねえ、と呟いて、咲さんが頬に手を当てる。なにか言ってくれるかなと期待したけど、それきり黙っていた。自分の言ってほしいことを言わせるための装置じゃない。それはわかっているけど、やっぱりすこしさびしい。

器の中ではまだ桜の花びらがのんきに揺れている。


また何日かして、山添さんが店に来た。道が呼んだようだった。

山添さんは、前回会った時よりさらに痩《や》せている。そんなに日数が経過したわけじゃないのに、目に見えて白髪《しらが》も増えた。それ以上痛ましい姿を見ていられなくて、目を逸らす。

自分の子どもに先立たれるのは、たぶん親や祖父母を亡くすより、ずっとずっとつらいことなんだろう。そのつらい思いをしている人に向きあうのは、エネルギーを要する。道はどうして平気でいられるんだろう。ふつうじゃないから、どこまでも鈍くいられるのだろうか。

外は薄曇りで、つめたい風が吹いている。数日前まですっかり春だと感じていたのに、また季節が逆戻りしたみたいだ。

「見てください」

道が布づつみをほどくと、山添さんが顔を上げた。あ、というかたちに唇が開く。桜の花びらのようなピンクのガラス。三角フラスコのようなかたちの骨壺には首と胴の周りに白い縁取りがあった。

山添さんがなにごとかを呟き、バッグをごそごそさせて、写真を取り出す。杏美さんが着ていたワンピースを模した骨壺だと、わたしにもわかった。

「杏美さんはおしゃれな人だった。山添さんがさがしてるのはただの骨の入れものじゃなくて、杏美さんのための洋服です」

「……触ってみてもいいですか」

山添さんがおずおずと手を伸ばす。白くかさついた指先が骨壺に触れ、それからかすかに震え出した。杏美。唇が、その名をかたちづくる。たぶん、何度も、何度も呼んだだろう、その名前。もう本人に向かって呼ぶことのできない名前。山添さんが骨壺をしっかりと抱く。

「生きてるあいだに、もっとたくさん、好きな服を着せてあげられたらよかったね、杏美」

山添さんの涙がぽたぽたと骨壺の上に落ちる。道は表情も変えずに、黙ってそれを見ていた。

わたしはそこにいるのが耐えられなくなって、さりげなくレジの近くに移動する。これ以上見ていたら、もらい泣きしてしまう。山添さんはハンカチでごしごしと涙を拭いて、顔を上げた。

「ありがとうございました。これです。これでした」

わたしはあらためて、骨壺を見る。ガラスなのにつめたくもかたくもない。ワンピースのひだのようにつけられたくぼみがふわりと曲線を描いている。

たしかにこれはただの骨の入れものではない。杏美さんの魂ごと包もうと手を広げたような壺だった。道がこれをつくった、という事実がわたしを打ちのめす。

「もう、泣かないでください」

わたしは山添さんにタオルを渡す。山添さんはタオルに顔をおしつけて「すみません」とくぐもった声を漏らした。

「いつまでも泣くなって、主人にも言われるんです」

いいかげん、前を向く努力をしないとだめですね、と続けた山添さんに向かって、道が首を振った。

「前を向かなくてもいいです」

「え」

山添さんが驚いたように顔を上げる。

「泣かないでくださいとか、いつまでも泣くなとか羽衣子や山添さんのご主人が言うのは、弱いからです。泣いている山添さんを受け止める体力がないからです」

「ちょっと、なんてこと言うの」

あわてて袖を引っぱったが、道は黙ってはくれなかった。

「前を向かなければいけないと言われても前を向けないというのなら、それはまだ前を向く時ではないです。準備が整っていないのに前を向くのは間違っています。向きあうべきものに背を向ける行為です。山添さんのご主人は弱い人です」

「やめて、道」

「ぼくは、羽衣子も弱いと思う」

背中を叩いたら、ようやく道は黙った。許せない。わたしは弱くない。ぜったいに弱くなんかないのに。

「……ありがとうございます」

山添さんはゆっくりと頭を下げた。骨壺をしっかりと抱いたまま。

雲が割れたのか、窓から入る光が微妙にその色を変えた。スカートの膝に落ちる影はレースのかたちをしていて、それを見ているわたしの胸は針で突かれたように痛む。

そろそろ休憩しようか、という繁實さんの声がわたしの背中を通り過ぎていく。

「あともうちょっとだけ、やります」

繁實さんに「もう一回修業しなおさせてください」と電話をかけたのは、山添さんがお店に来た翌日のことだった。道にあって、わたしにないものってなんだろう、と一晩考えて、そういう結論に達した。

繁實さんの工房の作業用ベンチは、うちのよりすこし大きい。左手で竿を転がしながら、ジャックで口を広げていく。

わたしが道より劣っているのは、努力の量。そう思いたかった。才能の差だなんて思いたくない。認めたくない。

グローリーホールの前に立つわたしの背後に、繁實さんが立った。

「なにを焦っとるんや？」

「焦ってません」

こめかみから流れ落ちる汗を拭《ぬぐ》う間も惜しく、竿をまわし続ける。繁實さんは呆《あき》れたように息を吐いて、わたしから離れた。もう三時間ぶっ通しやで、と戸口のところで繁實さんが咲さんに向かってこぼしているのを、遠く聞く。

暑くて、熱くて、自分が吐く息が喉を爛《ただ》れさせる。頭がくらくらしてくる。でも、もっとがんばらないと。踏ん張る足に力をこめた。

もっとがんばらないと。がんばらないと。

でも、なんでがんばらないといけないんだっけ。

そもそもなんでわたし、光多おじさんに「わたしが工房やる」なんて言ったんだろう。

疑問がぐるぐる、頭の中でまわる。

もともと吹きガラスをやりたかったわけじゃなかった。進路を決める時、祖父と同じガラス工芸の専門学校という選択肢もあったのに、そうしなかった。

自分には祖父の工房よりもっと広い世界に出ていけると、傲慢《ごうまん》にも思いこんでいたからだ。

でも結局、美大受験にも失敗したし、しかたなく入ったと思っていたデザインの専門学校でも、わたしは一番にはなれなかった。そして今、場の勢いで「やる」と言った手前、しかたなくという態《てい》ではじめたガラス工房でさえ、道にかなわない。

道のあの骨壺、と思った直後に、刺すような痛みを後頭部に感じた。思わず竿から手を放してしまいそうになる。なんとか台の上に戻し、両手で頭を抱える。今までに経験したことのない痛みに呼吸すらままならない。駆け寄ってきた咲さんに支えられるようにして、工房を出た。

休憩を取らずに作業をしていたわたしは、どうやら軽い脱水症状をおこしていたらしかった。スポーツドリンクを飲まされ、居間の畳の上に寝かされる。二つ折りにした座布団から、かすかに咲さんがつかっている柔軟剤の香りがした。仰向《あおむ》けになったまま、動けなくなってしまう。

「羽衣ちゃん」

いつのまにか、繁實さんが枕元にしゃがみこんでいる。

「厳しい修業を重ね、とつぜん秘められた非凡な能力が覚醒《かくせい》する、みたいなことは、少年漫画の世界だけやで」

「……わかってます、それぐらい」

「わかってない。急にうまくはならん。手っ取りばやく一人前になる方法なんかない。毎日同じ時間、同じ量の仕事をするんや。そうやってすこしずつ身につけることしかでけへん」

「でも」

でも、と繰り返して、片腕で熱い液体が溢れる両眼を覆《おお》った。

「道の、あの骨壺は」

「うん」

「すごかった」

「そうか」

「今の、今のわたしでは、無理やから。たぶん道の倍がんばらな、無理やから。力が足り、足りてないから」

涙が耳の中に流れこんできて気持ちが悪い。喋るたびに、乾燥して切れた唇の端が痛んだ。認めたくないけど、道にはわたしにはないものがある。ただ人と違うというだけじゃない、特別な才能みたいなものがきっとある。わたしがまだ見つけてないものを、道はすでに手にしている。

「他人の良いところを認めるより、批判したり揚げ足とったりするほうが、ずっと簡単やな。優位に立ったような気分になれるけど、実際はその場にとどまったまんまや。でも羽衣ちゃんは道を認めた。それができるやつは先に進める」

「そうでしょうか」

「そうや、そんなに焦ることはない」

涙が次から次へと溢れてきた。泣けば泣くほど身体が軽くなっていく気がした。いつのまにかかたわらに座っていた咲さんが「もう、そんなに泣いて、これ以上水分失ったらたいへん」と笑っている。

「今日は休んで、明日からまたおいで」

「……わかりました」

明日から。一から、またやりなおしだ。

7　2013年5月　道

台所に向かおうとした母が「ちょっと痩せた？」とぼくを振り返る。

「誰がちょっと痩せたか訊きたいの？　お母さん？　ぼく？　それとも羽衣子？」

「ああ。道が、やで」

今日より以前に母と顔を合わせたのは数か月前のことで、その時自分の体重が何キロで、今が何キロなのか、正確に記憶していない。もっといえば最後に体重計に乗ったのがいつだったか思い出せない。

母はぼくの返事を待たずに台所に入っていく。冷蔵庫をのぞいて「なんにも入ってない」と呆れたような声を上げた。

「料理してる？　あんたたち」

「料理はしてる」

一緒に住んでいても、ぼくと羽衣子は食事をともにすることがない。ぼくは朝はトースト一枚、昼は近所のお弁当屋さんの日替わりのお弁当で、夜はごはんとゆでたまごをひとっと温野菜と蒸し鶏と決めている。毎日「今日はなにを食べようかな」と考えるエネルギーと時間がもったいないからだ。

「毎日同じもの食べてて、平気なん？」

母がへんな虫でも眺めるように、ぼくの顔を凝視する。

「平気なんってどういう意味？　平気やなかったら、ぼく食べへんけど」

蒸し鶏のつくりかたを教えてくれたのは母だった。ゆでたまごも温野菜も蒸し鶏も、数日に一度まとめて用意する。最初は蒸し鶏だけだったけど、咲さんに「野菜も食べなさい」と言われて温野菜を追加した。ブロッコリーやにんじんを茹でた後のお湯でたまごを茹でる。

「飽きるやろ、そんなん」

「飽きてないよ。せやから、飽きたら他のもの食べるって言うてるやん」

羽衣子も自分の食事は自分で用意しているようだけど、お菓子を食べて済ませている姿もときどき見かける。

何時間もかけてシチュー的なものを煮込んだり、揚げものをしたりしている姿も見るけど、そういう場合は決まって、外泊をする。どこに泊まっているのかは知る必要がないので訊かない。その話を聞いた母は「ああ、あの彼氏のとこやろ」と意味ありげに眉を動かす。

ていうかなにしてんのあんた、と手元をのぞきこまれた。

「はり紙をつくってる」

「骨壺あります」という看板なり、はり紙なりを出すたび、羽衣子が勝手に捨ててしまう。これでもう五回目だ。その話を聞いた母は「あんたら、だいじょうぶか」とまた眉をぴくぴくさせた。

ぼくと羽衣子が工房をはじめてから一年とすこし過ぎた。母は最近は教室のほうが忙しいようで、ほとんど大阪には帰ってこない。

「教室がどうとかそんなん、ほんまかどうかわからへんで」

これは羽衣子の言葉だ。どういう意味かと訊ねても「お兄ちゃんにはわからへんわ」の一点張りだ。そのことについて考え続けられるほどぼくも暇ではなかったので、今日まで忘れていた。母が東京でなにをしていようと、ぼくには関係がない。元気で過ごしているならそれでいい。母もぼくも羽衣子ももう大人だ。自分のことは自分で考えて行動したらいい。

ぼくにとって今いちばん大事なのは吹きガラスで、あとはべつにどうでもいい。繁實さんは会うたび「腕上げたな」と言ってくれるけど、もどかしい。経験を重ねていくしかないとわかっていても。時間が欲しい。もっともっと欲しい。一日が五十六時間あればいい。

「あら、小麦粉もないの？」

母はまだ冷蔵庫の中を検分している。今さっき東京から戻って「疲れた」とぼやいていたのに、買いものに行くと言い出した。

「道、今からスーパーについてきて。いろいろ買うとたぶん重くなるから、荷物持ってくれへん？」

母はもう財布をつかんで身支度をはじめている。

「わかった」

工房をのぞいたら、羽衣子が炉の前で竿をまわしていた。

「お母さんと買いものに行ってくる」

声をかけると、こちらを見ずに「うん」と答える。母が「行ってきます」と声をかけたが、返事はなかった。羽衣子が気づいてないうちに、すばやくガムテープではり紙をはりつける。

「あの子、怒ってるみたい」

スーパーに向かって歩きながら、母は何度も工房を振り返った。日傘がぼくにあたりそうなので、じゅうぶんに距離をとって歩く。

「なんで？」

羽衣子は、今日はアクセサリーのパーツをつくると言っていた。最近の羽衣子はガラス製のビーズを用いたピアスやネックレスをハンドメイド専門のフリマアプリに出品したり、知り合いのつてを頼って雑貨屋に委託販売をしたりして、順調にソノガラス工房の売上を伸ばしているようだった。

「いろいろあるけど、いちばんは食器のことかなあ」

先週、母の新しいレシピ本が刊行された。撮影につかうので鉢や皿を送ってほしいと言われ、ぼくがつくったものと羽衣子がつくったものを適当に選んで送ったのだが、本に掲載された写真には、羽衣子のつくった食器がひとつもつかわれていなかった。

羽衣子が「なによあれ」と泣きながら電話をかけてきた、と母が肩をすくめる。

「あの子は、いつも道に負けたくないと思ってるから」

スーパーマーケットの通路を、カートを押しながら歩く。長ねぎや生姜《しょうが》とともに、大量の鶏もも肉がほうりこまれた。鶏のからあげにチリソースをからめたものをつくるのだそうだ。チリソースは羽衣子の好物だから。

「ぼくに負けてるところなんか、ひとつもないのに」

羽衣子はなんでもじょうずにこなす。羽衣子だってたぶんそう思っているはずだ。なんでそんなこともでけへんのわからへんのと、いつもぼくに言うではないか。

「そんなふうに思ってんの？」

「うん」

そんなふうに、と繰り返して、母が口をもごもごさせている。なんで、とも聞こえたが

「羽衣子にならできることでも、道にはでけへんねんで」と繰り返し言ってぼくらを育ててきたのは他ならぬ母だった。

　会計を終えて、ぼくらは家に向かって歩き出す。歩道の植えこみが白と濃いピンクの二色に染まっている。肩にエコバッグの持ち手が食いこんで痛い。

「なんでこんなにいっぱい買《こ》うたん？」

「明日までしかこっちにおられへんからね、常備菜をつくっていくわ」

　そんなことしなくてもいいのだと言ったが、母は取り合わない。毎日同じものを食べているという話がよほど衝撃的だったのか、それはあかんわ道、あかんわ、それは、と何度も嘆息している。ぼくがいいと思ってやっていることなのだから、それでいいのに。

　歩くと額に汗が滲む。だんだん頭がぼうっとするような暑さだ。すこし前まで長袖でも寒かったのに、急激に変化する気温には身体がついていかない。

「あら、恵湖ちゃんやないの」

　近所の人が母に気づいて、声をかけてきた。ふたりは立ったまま喋りはじめる。

　ぼくは一歩後ろにさがって、彼女たちの話が終わるのを待った。これがはじまるとなかなか終わらないことは過去の経験から学習している。

　視線の先でつつじが動いた。いいや違う。つつじは植物だから勝手に動いたりしない。動いたのは、濃いピンクの服を着た人間だった。帽子とバッグは白い。つつじの前にいるとまるで保護色だ。

保護色をまとった女の人は、道端にうずくまっていた。

「どうしたんですか」

近づいて声をかけると、女の人の眉間にぎゅっと皺が寄る。どこかで見かけた顔のような気がするが、思い出せない。

「歩いてたら頭がくらくらしてきて……」

苦しそうに肩で息をしている。

「救急車を呼びましょうか」

女の人は「だいじょうぶです」「ほんとに、ちょっと気分が悪いだけなんで」と繰り返すが、今にも気を失いそうに目を閉じかけている。振り返ると、母たちが怪訝《けげん》な顔でこっちを見ていた。

「道、どうしたん？」

駆け戻って、母の手から日傘を奪いとった。頭にがんがん陽《ひ》が当たってぐったりしている女の人の手に傘の柄《え》を握らせる。今度は自動販売機まで走っていったけど、財布を持ってきていないことを思い出した。母のところに戻って「お金貸して」と頼む。水とお茶とスポーツドリンクを買って戻ってきた。

母と近所の人が女の人に手を貸して、日陰のベンチに移動させている。

「飲んでください」

女の人に三本のペットボトルを渡した。

「昨日と比べて今日は急激に気温が上がりました、暑い時に水分をとらずに動き続けるのは危険な行為です」

「すみません……ありがとうございます」

スポーツドリンクを半分ほど飲みすすめる頃には、女の人の表情や口調がさっきよりしっかりしてきた。

「よかったらこの日傘、このまま持っていって。安物やし、気にせんといて」

「いえ、そんな。ちゃんとお返しします」

あわてる女の人に、母が「そう？　なら、うちはすぐこの裏やから」と答える。

ぼくはカードを差し出した。『ソノガラス工房』と『sono』の名が入ったカードは近隣の飲食店や雑貨店に置いてもらうために羽衣子がつくったものだ。名刺ケースに入れていつも携帯している。

「財布は持ってへんくせにそんなんは持ち歩いてるの？　道くん」

近所の人が呆れたように笑い出し、女の人もつらそうな顔のまま、ふ、と息を漏らした。

花みたいな色の服を着た女の人。むしろ花そのものみたいだ。このカードは「隙《すき》あらば宣伝しろ、知りあう人みんなに渡すぐらいのことをしろ」と羽衣子にうるさく言われて携帯しているだけだと言い訳したかったのに声が出なくて、頬が熱かった。ぼくも水分をとったほうがよさそうだ。

家に戻り、母の指示通りに冷蔵庫に野菜や肉をしまう。つめたい水を何杯飲んでも頬が熱いままだった。そわそわしながら工房に入ったが、羽衣子に「今集中してんねん、邪魔せんといて」と外に追いやられた。

どうしてもじっとしていられなくて、工房の前をほうきで掃《は》いた。

「そんなに同じところばっかり掃いたらアスファルトえぐれるで」

羽衣子が呆れた顔で見ているけど、無視した。

香ばしい匂いが漂ってきた。野菜をごま油で炒める匂いに、鶏ガラスープの匂いがかぶさる。

あの、と背後から声がした。つつじの花と同じ色の服を着た女の人が立っていた。

太陽はすでに位置を変えていた。女の人は「さっきはありがとうございました」と頭を深く下げて、母の日傘と一緒に白い箱を差し出した。日傘を借りたお礼に買ってきたお菓子だという。

「助かりました」

それはよかったです、と言おうとしたのに、なぜか声が出なかった。口をぱくぱくさせているぼくをよそに、女の人が工房をのぞきこむ。

「ここが工房なんですね」

「はい」

女の人はぼくをじっと見る。

「あの、わたしのこと、覚えてませんか?」

「え?」

女の人が名刺を差し出す。「ますみ葬祭株式会社　葉山灯《あかり》」と書かれていた。ああ、と大きな声が出る。ぼくに手元供養について教えてくれた、あの人だ。

「覚えてます。前に会った時と雰囲気がぜんぜん違ったので、わかりませんでした」

服とか、とつつじの花みたいな色の服を指さすと、葉山さんはすこし恥ずかしそうに自分の服の袖あたりを引っぱった。

「派手ですよね。でも、仕事では黒い服しか着られないから」

「派手じゃありません。よく似合います。きれいです」

なあ、道。いつだったか、祖父にため息まじりに忠告されたことを思い出した。正直なんは道のええとこやけど、思ったことをそのまま言うたら、戸惑う人もおるんやで。

でも、もう遅い。ものすごく大きな声で言ってしまった後だった。葉山さんの頬が真っ赤になっていた。

8　2013年6月　羽衣子

熱した油に鶏肉を落とすと、小さな泡がいくつも生まれる。なにかを油で揚げる時のぱちぱちという音が好きだ。拍手みたいに聞こえるから。

今日は日曜日だけど、まことくんには会えない。ほんとうはふたりで買いものに行く約束をしていたけど「仕事が忙しい」とキャンセルされた。

「就職」というものを一度も経験していないわたしには、「会社」というものはすべて謎の組織のように感じられる。休日返上で家に持ち帰ってやらなければならない仕事というのもよくわからないのだが、まことくんが言うのならほんとうに忙しいのだろう。

黄金色《こがね》に色づきはじめた鶏肉を一度網の上に引き上げ、しばらく置いてからもう一度やや高温の油で揚げるとかりっとした食感に仕上がる。最後にチリソースをからめて完成だ。次は小房にわけたブロッコリーを茹で、塩昆布《しおこんぶ》とごま油でさっと和《あ》えた。からあげもブロッコリーも、母のレシピをためした。このあいだ食べた時、まことくんもぜったい好きそうな味だと思ったから、レシピを教えてもらっていたのだ。

それまで、ずっと母を避けていた。母は、ひさしぶりにわたしから話しかけられてちょっとうれしかったのかもしれない。「本にも載せてるんやけどな」と言いながら、いそいそ分量と手順を手書きしてくれた。

　悪いけど、母のレシピ本なんてちゃんと読む気にもなれない。たいてい最初のページあたりに、母がこの家によく似た古い家の台所で、ナチュラルな感じの服装とエプロンで料理をつくっている写真がある。レシピの途中のページには母が昔祖母と梅酒や奈良漬けをつくったことや、わたしや道が子どもの頃につくったお弁当のことがエッセイ風に書かれていたりして、内容は嘘ではないのに印刷された文面を読んでいると、それが微妙に真実とは異なっているように感じられて、本を閉じてしまう。

　わたしから避けられていた理由を、母は「レシピ本の撮影につかわれたガラスの器がぜんぶ道のつくったものだったから」だと勘違いしているようだ。まったく冗談じゃない。わたしかにちょっと腹が立ったし、勢いあまって泣いたりもしたけど、いつまでもそんなことで拗《す》ねているほど、わたしは子どもではない。

　母には恋人がいるようだ。東京の教室も住んでいるマンションも、その男の人から金銭的な援助を受けてはじめた。本人から聞かされたわけではない。母の名前で検索した時、料理研究家をウォッチするとかなんとかいう掲示板を見つけて、そこにそう書いてあった。芸能人でもない母を詮索《せんさく》してあれやこれや言っているなんてずいぶん暇な人たちだと思ったけど、知らない人にあれやこれや言われるようなことをしている母も母だと腹が立つ。わたしや道にそれを隠し通しているつもりなのもおめでたい。

家族を捨てた父も父だけど、恋人がいるくせにまだ父からの離婚の申し出に応じない母を見ていると、いらいらする。

　お互いのことを大切にしない両親。わたしはあんなふうにはならない。あらためてそう決意しつつ、できあがった料理をタッパーウェアにつめていった。

　忙しくてもまことくんには栄養はしっかり摂ってもらいたい。「差し入れ持っていくね」と送ったメッセージには、まだ既読通知がつかない。仕事に集中していて気がつかないのだろうか。いきなり訪ねていくのは邪魔するみたいで気が引けるけど、さっと届けてすぐに帰ればいい。まことくんはきっととつぜんのわたしの来訪に驚いてちょっと目を丸くし、いつものようにやさしく笑うだろう。想像したら頬がゆるんだ。

「ちょっと、出かけるから」

　店番をしている道に声をかける。客は誰もいない。レジ台に頬杖《ほおづえ》をついていた道がぎょっとしたように顔を上げて、あ、あ、うん、うん、と何度も頷いた。

　最近、道はぼんやりしていることが多い。理由はさっぱりわからないけど、道がなにを考えているかなんてこれまでわかったためしがない。

　昨日まで雨が続いていたけど、今日はよく晴れている。日傘を開いて歩き出す。植えこみのつつじが茶色くしぼんでいる。タッパーウェアの入った保冷バッグを抱えて歩くわたしを、自転車に乗った女子高生たちが笑いさざめきながら追い抜いていく。

あんなふうに友だちとわいわい話すのがなによりも楽しいという時期があった。ずっと昔のことみたいに感じられる。高校や専門学校の友人たちとは、今でも月に何度か会う。でもやっぱり話題はお互いの仕事のことだったりして、学生時代とは空気が違う。羽衣子は会社勤めじゃないからストレスなくてええな、なんて言われたりすると、とたんに距離を感じる。たしかにそうなのかもしれないけど、わたしだっていいことばかりじゃないのに。

そういえば道が誰か友だちと一緒にいる姿は、今までに一度も見たことがなかった。かわいそう、と心の中で呟いたら、いくぶん気が済んだ。友だちとの会話を思い出して淀んだ心が静かになる。かわいそうな道。かわいそうなわたしの兄。

インターホンを鳴らしたけど、反応はなかった。腕時計を見ると、十二時をすこし過ぎたところだった。もうどこかに昼食を調達しに出かけてしまったのかもしれない。

「今どこにいる?」とメッセージを送ったが、既読にもならなかった。保冷バッグを見下ろす。ドアノブにかけておいてもいいけど、いくら保冷剤を入れているとはいえ傷《いた》んでしまう可能性もある。しばらくその場をうろうろして考えたのち「出なおそう」と決めた。

歩き出したら、おなかがぐうと鳴った。このまままっすぐに家に戻るのも、なんだかつまらない。空堀商店街に寄ってなにか買おう。お菓子とか、おいしいパンとか。そうしよう。なんでもいいけどとにかくなにか、おいしいものを買おう。そう決めたら、しぼんだ心がわずかにふくらみを取り戻した。今日は天気が良いから、外で食べよう。パン屋さんでサンドイッチを買い、公園に向かう。空には綿をつまんで指先でまるめたような雲が、等間隔にいくつも浮かんでいる。

数名の子どもが金属音のような声を上げながら、走りまわっていた。入り口付近ではおじさんふたりが犬を連れて立ち話の最中で、みっつ並んだベンチのいちばん奥に一組の男女が座っていた。自分の喉が「ひゅっ」と音を立てるのを聞く。

男の人はまことくんだった。隣の女の人は誰だかわからない。まことくんの腕は女の人の肩にまわされている。

顔を見られないように日傘を傾けて、隣のベンチに腰をおろした。浅い呼吸を懸命に整えようとする。おもに女の人のほうが熱心に喋っている。知らずに聞いたら猫の鳴き声と間違えそうな甘くてふにゃふにゃした声はとても耳障りだが、がんばって聞きとろうとする。

「ねえ、さっきからずっとまこちゃんのスマホ、ピコピコしてるよ」

通知のランプが点滅していることを「ピコピコ」と表現するところがいかにも頭が悪そうだ。まことくんがスマートフォンを手にとったので、わたしもおそるおそるＬＩＮＥの画面を開いてみると、さっきはなかった「既読」の文字が表示されていた。

「わ、『今どこにいる？』だって」

日傘をずらして、まことくんが天を仰《あお》いで笑うのを見る。「こわー」という声が続いて、耳を疑った。こわい？　わたしが？

「ひどーい、彼女でしょー？」

そんなことを言う女の声は、でも、あいかわらず猫の鳴き声みたいだった。

「まーねー」

女がまことくんの頰をつんと人差し指でつついた。

「仕事だって嘘ついたんでしょ？　彼氏がここでこんなことしてるなんて、彼女知らないんだろうね。かわいそー」

知っている。というか今、ここにいる。まさに現在進行形で知っている最中だ。

よく見ると、まことくんはコンビニの袋を隣に置いていた。ペットボトルのお茶やおにぎりらしきものが入っているのが見えた。まことくんは外で飲食するのが好きだ。ピクニックも好きだし、カフェでもテラス席に座りたがる。外で食べるとよりおいしく感じられるからだそうだ。大阪は食べものがおいしいところが良いと常々言っていたくせに、あんなどこでも買えるようなものを食べて、馬鹿じゃないだろうか。

「だいじょうぶだよ。向こうも仕事中だし」

「ガラス職人だっけ？」

そうそう、と頷いたまことくんは、なにがおかしいのかブフッと吹き出す。

「いや、職人じゃなくてアーティストって呼んであげないと彼女、機嫌悪くなっちゃうから」

「あー」

女は頷いているようだが、わたしの目にはただ頭がぐらぐらしているようにしか見えない。まだ首が据わっていないのかもしれない。

「あの天使の絵見たら、そんな感じするね」

比喩《ひゆ》ではなく、目の前が真っ暗になった。貧血をおこしてしまったのだろうか。視界が元通りになるまで身動きせずに待つ。この女の人はまことくんの部屋に入ったのだ。

「わかるでしょ？　ほとばしる自意識！　的な。いや悪い子じゃないんだけどね。なんか『わたしは特別な人間です！』って全身で叫んでるみたいで、一緒にいるとたまに疲れるんだ」

「なにそれ」

「笑えるでしょ」

「わざわざ叫ばなきゃいけない時点で特別じゃないと思う」

「そうなんだよ。正直、どこにでもいるような子なんだよ。でも中学生みたいにピュアでかわいいよね」

「うん、かわいーい」

一刻もはやくこの場を立ち去りたいが、目の前の闇が完全に消えるまで、身動きがとれない。

なんとか視界が戻った。けっして顔を見られないように日傘を低くさして、足早に公園を立ち去る。家に戻る直前に近所の人とすれ違って「ちょっと羽衣ちゃん、あんただいじょうぶ?」と声をかけられたけど無視した。

すぐに部屋に閉じこもりたかったのに、タイミング悪く工房から道が出てきた。わたしを見て、驚いたように口を開ける。

「具合悪いんか?　顔がおかしいで」

顔がおかしい?　頭にかっと血が上り、保冷バッグを投げつける。

「なんやそれ!」

「顔の色が真っ白や」

「最初からそう言えばいいやんか!　顔がおかしいってなんやねん、日本語へたくそか!」

道がため息をつきながら保冷バッグを拾い上げる。

「……なんかあったん?」

なんかあったん?　なんて。どうしてそんなことを訊くんだろう。興味ないくせに。どうせ聞いてもわからないくせに。

「言うたってわかるわけないやろ!」

あんたなんかに、と叫んだら涙が滲んだが、こぼれ落ちる前にぎゅっと目をつぶった。泣きたくない。泣いたら、もっとみじめになる。

怒りをぶつける相手が違う。わたしは間違ってる。あの場で彼らにつめよる勇気がなかった。まことくんが女の人と一緒にいたことより、「わたしは特別な人間です！」と全身で叫んでると言われたのがこたえた。身を捩《よじ》って叫び出したいほど恥ずかしい。

まことくんにあげた天使の絵は、ほんとうは学校の課題で提出したものだった。

「まあ、丁寧で正確やな。そこは買うかな」

そう言ったのはまことくんではない。専門学校の講師だ。課題の絵を提出した時、そう講評された。けど、と講師は続けた。おもんないな、ふっつーって感じ。

あの講師がわかっていないだけだと思っていた。そう思いたかった。間違っているのはあいつのほうだと。有名なアーティストでもなんでもないあいつになに言われたって気にすることないって、とみんなにも慰められた。

わたしは、祖父に「なんにでもなれる」と言われた人間なのだ。なにかがあるはずだ。まだ誰も気づいていないなにかが。

まことくんも、わたしの可能性を信じてくれていたはずだった。「大事にするよ」と、絵を受け取ってくれたあの時も、内心では嗤《わら》っていたのだろうか。

「道なんかに、わたしの気持ちがわかるわけない」

そう繰り返したら、道は視線を足元に落とした。いつもそうだ。わたしが理不尽な怒りをぶつけるたび、こんなふうにただ困った顔をする。

でも今日は、違った。憤然《ふんぜん》と顔を上げて「じゃあ、わかるように言うてほしい」と言い放つ。

「え」

「伝わってないって思うなら、言いかたを変えたらええねん。なんの工夫もしてないくせに『わたしの気持ちをわかってくれない』なんて、ただのわがままや。なんでいつもぼく側が譲歩するのがあたりまえみたいな言いかたをするんや」

道はそこで言葉を切る。なんとも形容しがたい、重い空気がたちこめる。それはあんたのほうがいつも間違ってる側やから、と言いたい。みんなができることができない人間は、せめてみんなと同じことができるように必死に努力するべきではないのか。

「とにかく、家に入ろ」

道が家の中を親指で指す。みょうにぎくしゃくした動作でコップに水を注ぎ、わたしに差し出す。立ったままひとくち飲んでから「まことくんが……」と話し出すと、すぐさま道が「まことくんって誰？」「名字《みょうじ》は？」と確認してくる。その時点でもう心が折れそうだったけど、がんばってなんとか最後まで話し終えた。道は背筋を伸ばして正面に立ち、無表情でわたしを見下ろしている。テーブルの上に保冷バッグが置かれているのに気づいた。

わたしが乱暴に投げつけたものを、道はちゃんと拾い上げて、置かれるべき場所に置いてくれたのだ。

「たぶんもう、まことくんとは無理やと思う」

「無理やと思う、ってなに？　どういう意味？」

別れるってことや、といらいらしながら補足《ほそく》する。「そうか」と頷いた道は眉ひとつ動かさない。なんでそんな平気な顔でこの話を聞いていられるんだろう。慰めてほしかったわけじゃないけど、道にはやっぱり人の気持ちがわからないのだと思うと力が抜けて、その場にへたりこんでしまった。

「……どこにでもいるような子なんて、そんなふうに思われてたなんて。それがいちばん傷ついた」

「そうか。傷ついたんか、羽衣子は」

「そうや」

「よし。今から行こう。その人のところに行こう」

道がわたしの腕をつかんで立ち上がらせる。乱暴ではないけれども、有無を言わせぬ力強さだった。

「なんで？」

靴を履《は》き、家を飛び出していく道をあわてて追いかける。もう公園にはいないかもしれない。わたしが公園を出てから三十分以上経《た》っている。

近づくたび「いませんように」という思いが強くなる。まことくんと道を会わせたくなかった。あれほどひどいことを言われてもなお、わたしはまことくんに嫌われたくないと思っている。「へんなお兄さんがいてかわいそうに」という、今までさんざん周囲の人から向けられてきたまなざしを、まことくんから向けられたくない。

まことくんたちは、まだ公園にいた。さっきと同じベンチに。まことくんはあろうことか今や女の膝に頭をのせて気持ちよさそうに目を閉じている。

「相沢《あいざわ》まことさんですか。ぼくは羽衣子の兄です」

道がベンチの前に立つ。とつぜんフルネームで呼ばれたまことくんは若干まごつきながら身体をおこして「えはぃ」みたいな声を発した。たぶん「はい」と「ええ」で迷ったのだろう。ちょっと、いや、だいぶ間が抜けていた。

まことくんが後からやってきたわたしに気づいた。羽衣子？　と上体をそらし、わたしと道を交互に見る。

「謝ってください。あなたは羽衣子にとても不誠実なことをしました。羽衣子を泣かせました」

「えっと、え、なに……？」

動揺しているまことくんの横で、女の人は口を半開きにしている。驚いてはいるようだが、ちょっと笑っているようにも見えた。

「いや、これは誤解ですよ、お兄さん」

まことくんが立ち上がる。

「ぼくはあなたのお兄さんではありません」

謝ってください、謝ってください、と繰り返しながら、道がまことくんにつめよる。まことくんが道の胸を突いた。向きあうと、まことくんのほうが道より背が低い。でも喧嘩《けんか》をしたらたぶん道が負ける。パニックをおこして暴れたことなら何度かあっても、人を殴《なぐ》ったことなどおそらく一度もないだろうから。

「やめてください。これは羽衣子とぼくの問題ですよね」

まことくんが乱れた髪を手で整える。それから「そうだよね、羽衣子」とわたしを見た。

「羽衣子、ちゃんと話そう」

「……話すことなんかないし」

「羽衣子、誤解だよ、これは」

道を押しのけ、まことくんがわたしに近づいてきた。

「相沢まことさん。言いたいことがもうひとつあります」

道がわたしたちのあいだに割って入り、わたしを庇うように自分の背中に隠した。

後ろから見上げる首筋と耳たぶは真っ赤に染まっていて、はじめてわかった。道は怒っているのだと。それも、ものすごく。

「あなたは間違ったことを言った。羽衣子は『どこにでもいるような子』ではありません。訂正してください」

みょうに余裕のある態度で両腕を組んでいるまことくんの顔を見ていたら、どんどん手足が冷えていく。この人、こんな顔やったっけ。こんなふうに、人を馬鹿にしたみたいに笑う人やったっけ。道はあなたに見下されるような人間じゃない、と叫びたかった。たしかにちょっとへんかもしれない、でもすごいものをつくれるんだ、わたしともまことくんとも違う、特別な人間なんだ、と言ってやりたかった。

「お兄ちゃん、もうええから」

道の背後から、一歩踏み出す。

「まことくん」

ちゃんと目を見て言おう。声が震えたりしなくてほんとうによかった。今まで何度も呼んできた名前。でももう、これで最後にする。

「まことくんが言った通り、わたしは特別な人間に憧れてる凡人かもしれん。でもね、不誠実な人間よりはずっとマシやと思わへん？」

「羽衣子……」

「さようなら」

道の腕を引っぱって、歩き出した。泣かずに済んでほっとした。

「あの人、まだ謝ってない」

納得のいかぬ様子で何度も背後を振り返る道のお腹が大きな音を立てた。のんきな小動物の寝言みたいな無邪気な音に、腕をつかんでいた力が抜ける。

「お昼食べてないの？」

「食べてない。弁当買いに行こうとした時に、羽衣子が帰ってきた」

道は自分の計画やペースを乱されるのが好きではない。昼食を抜くなんていちばん嫌いなことのはずなのに、今お腹が鳴るまで忘れていたという。

「わたしも食べてない」

買ったサンドイッチはベンチに置き忘れてきた。

「なあ、鶏のチリソースとブロッコリーの塩昆布和え、まことくんに渡すつもりでつくったやつなんやけど、今から食べへん？　一緒に」

「もしかして、さっき投げてきたやつのことか？」

「それは謝る。ごめん」

「怒ってない。謝らなくていい」

道は困った顔で、手を洗いはじめる。

ふたりきりでごはんを食べるなんて、はじめてかもしれない。皿を用意しながら道に「ねえ」と声をかけた。

「さっきの、ほんとにそう思ってる?」

「さっきのってなに?」

「羽衣子はどこにでもいるような子ではない、って言うたやん」

「ああ。ほんとにそう思ってるよ」

似ているけれども同じではない。道の言葉が、ふたりきりの台所にやけに大きく響いた。

「羽衣子にとっての『特別』とか『ふつう』は、ただひとりの特別な人間と、同じようなその他大勢の人ってことなんかもしれん。けどぼくにとってはひとりひとりが違う状態が『ふつう』なんや。羽衣子はこの世にひとりしかおらんのやから、どこにでもおるわけがない」

実際のところ、それはわたしが「誰かにこんなふうに言われたい」と待ち望んでいたような言葉ではなかった。わたしの世界をがらりと変える言葉でもなかった。

でも今は、それでよかった。それがよかった。じゅうぶんすぎるほどだった。ありがとう、と声に出さずに呟く。泡だらけの手をまだごしごしこすり合わせている道は、自分が今どれぐらいすごいことを言ったのか、たぶんわかっていない。

9　2013年9月　道

　光多おじさんの吐く息にはほんのすこしだけ、お酒の匂いがまじっていた。お酒の匂いだけじゃなくて、かすかな煙草の臭い。それから、油の匂い。母が家で天ぷらを揚げたあとの部屋の匂いに似ている。あともうひとつなにかの匂いがまじっているけど、なんだろう。もうちょっとでわかりそうでわからないというもどかしさに襲われながら、ぼくは「俺はもうこの家に入る権利もないんか？　ああ？」と語尾を上げる光多おじさんを見ていた。

　家に入る権利。光多おじさんはふしぎなことを言う人だ。今さっき家に来るなり「よう」と言ったきり、玄関先に突っ立っていたのだ。ぼくが「こんばんは」と言ったのに、返事もしないでじろじろぼくを見ていた。家に入る権利とはどういう意味なのか。なぜならば、ぼくは「入らないでください」などとは、ひとことも言っていないからだ。ただ、なんで急に来たんだろう、とふしぎに思っていただけだ。そう説明すると、光多おじさんの表情が変化した。紙をくしゃくしゃに丸めたみたいに、表情が歪む。

「俺が生まれ育った家や。用があろうがなかろうが入る権利がある」

　お前らは我が物顔でこの家に住み続けているが、本来この家屋および土地は長男である自分が相続するべきだ、という趣旨のことを述べながら光多おじさんは靴を脱ぎはじめる。洗面所のドアが数センチ開いた。まだ髪を濡らしたままの羽衣子がおびえた様子でのぞいている。

「なにごと?」

「さあ」

壁の時計の針はちょうど九時を指している。もうとっくに工房も店も閉めて、食事も済ませた。羽衣子が風呂に入っているあいだ、ぼくは皿を洗い、それからテレビを見ていた時にチャイムが鳴った。

「恵湖は?」

「東京です」

はん、と肩を揺らして、光多おじさんは仏壇の前にあぐらをかく。やや乱暴な手つきで線香に火をつけ、ゴングを鳴らすような勢いでおりんを鳴らした。

洗面所から、羽衣子がつかうドライヤーの音が聞こえてくる。

「なにしにきたんですか」

おいおい、と光多おじさんが首筋に手を当てる。

「失礼やぞ、お前」

「わからないから訊いているんです」

「この家のことを話しに来たんや。いつまでもほったらかしにでけへんやろ」

「それは母と話すべきことです。ぼくと光多おじさんが話すことではない」

「恵湖じゃ話にならん。だいたいあいつ、着信拒否してんねんで」

そういえば「あんまりしつこいから無視してんねん」と言っていたような気がする。母には問題を先送りする癖がある。

光多おじさんがあぐらをかいた足をせわしなく揺すっている。家のあちこちに視線を走らせて、ああ、とか、クソ、とか呟いている。

「光多おじさんは、お金がないんですか？」

以前、母と羽衣子がそんな話をしていた。だからこの家にこだわるのだと。あくまで彼女たちの推測のようだったから、ぜひともこの機会に本人にたしかめたかった。

光多おじさんがゆっくりと顎を上げる。お前、と呟いた声は低く、暗かった。

「馬鹿にしてんのか」

していません、なぜそう思ったんですか、と訊ねる前に腕が伸びてきて、肩をつかまれた。そのまま前後に揺さぶられる。光多おじさんがものすごい勢いでなにか言っているが、ほとんど聞きとれない。わかるのは、とても怒っているらしいこと。唾《つば》がぼくの顔にかかっていること。とても酒臭いということ。

光多おじさんの爪《つめ》がTシャツの布地越しに肩に食いこむ。全力で払いのけたら、光多おじさんの左手が仏壇の前の台に当たって、線香立てが落ちた。灰が畳を汚し、火のついた線香を拾い上げるぼくの肩を、光多おじさんがなにか喚きながらまた強くつかんだ。

お前は俺を馬鹿にしてんねん、昔からずっとそうや、恵湖もそうや、お前らは俺を馬鹿にしてる。なんとかそこだけ聞きとれた。短く鋭い悲鳴に顔を上げると、羽衣子が両手で口もとを覆いながら立ちすくんでいた。

「帰ってください！」

全身を震わせつつも、決然と羽衣子が言い放つ。肩を大きく上下させながらぼくを睨みつけた光多おじさんが立ち上がった。視線がテレビ台からテーブル、壁際の棚へとゆっくり移動していく。棚には母のレシピ本や羽衣子の絵が飾ってある。祖父の骨をおさめた骨壺も。

「俺の家や……俺はな、ここで生まれて、ここで育ったんや……俺の家や。俺がもらうべき家や。それを好き勝手に、ごてごて飾りつけやがって」

光多おじさんの手がテーブルの上のリモコンをつかむ。ぼくと羽衣子が制止するよりはやくリモコンが投げ放たれ、それは祖父の骨をおさめた骨壺に当たった。リモコンと骨壺が床に叩きつけられる。耳障りな音がして、ぼくはそれが割れたことを知った。

とっさに身体が動いた。骨壺ではなく、羽衣子を背にして立った。光多おじさんはぼくの肩を小突いて飛び出していく。玄関の戸が閉まる音が聞こえて、羽衣子がへたりこんだ。急いで玄関に走り、鍵をかける。

羽衣子が割れた骨壺のかけらを拾おうとしていた。

「怪我するで。素手で触ったらあかん」

工房からほうきとちりとりをとってきた。

「ごめんね」

羽衣子の瞳から涙がこぼれ落ちている。

「なんで羽衣子が謝るんや」

「光多おじさんの相手をお兄ちゃんにさせたから」

わたしが応対していたらここまでのことにはならんかったはずや、どうせまたなんか、い、いらんこと言うたんやろ、としゃくりあげている。ぼくはそれには答えずにほうきをかけはじめる。

「割れちゃった」

「しかたない」

「でもこれ、おじいちゃんとつくったやつやろ」

大事な思い出があるのに割れちゃった、と呟く羽衣子の瞳に、また涙が浮かぶ。

「ぼくの思い出の品かもしれんけど、羽衣子の思い出の品ではない。泣くのはおかしい」

「……もし自分の思い出の品だったら、って想像したんや」

あのな、共感するってそういうことなんやで、と教えられる。そうだったのか。ぜんぜん知らなかった。

「べつにええよ」

骨壺から飛び出した祖父の骨を手にとる。真空パック処理を施して、今も白く、きれいなままだ。

「この壺は、そもそも、骨壺用につくってない。薄いし、もろい。物は壊れる。でも記憶は壊れへん」

記憶にはかたちがないから、壊れることもない。でも、薄れる。遠ざかる。だからとどめておくために物に託す。それを目にしたら、いつでも思い出せるように。ガラスの骨壺を求める人たちがそう思っているかどうかはわからないけど、すくなくともぼくはそう思っている。

「またつくったらええねん」

羽衣子が手伝ってくれると助かる、とぼくが顔を上げると、羽衣子は目を真っ赤にして頷く。

翌朝、なぜかいつもより数時間はやく目がさめてしまった。羽衣子も同じだったようで、台所で出くわした。同時に「あ」と指さしあい、きまり悪く目を逸らす。

朝食は摂らずに、すぐに工房に入った。外はまだ暗い。

「どんなかたちにしようかな」

ぼくが呟くと、羽衣子は「パフェグラスみたいなかたちにしようや。こう、細長いの」と提案した。昨日寝る前に考えたのだそうだ。

「なんでパフェグラス？」

「おじいちゃん、甘党やったから。なんか喜びそうやん」

よく母やぼくに内緒で喫茶店に行った、と羽衣子は目を細める。

「え、そんなん知らんかった」

「ずっと内緒やったもん。おじいちゃんがいちばん好きなのはチョコレートのパフェやったな。でもおじいちゃんの嫌いなバナナが高確率で入っててんねんな。せやから、それを食べてあげるのがわたしの役目」

祖父は自分ひとりでパフェを食べにいくのは恥ずかしかったらしい。羽衣子を連れていくと「孫につきあってしかたなく」と言い訳できるから、頻繁《ひんぱん》に誘っていたという。

羽衣子が語る祖父は、なんだかぼくの知る祖父とは違う人みたいだった。すこし落ちつかなかったけど、ふしぎと嫌じゃない。

羽衣子がガラス種を巻きとり、ゆっくりと息を吹きこむ。グローリーホールであたため、何度もその工程を繰り返しながら、紙リンで細長くかたちを整えていく。

「お兄ちゃん、ポンテお願いします」

ガラス種を巻きとり、ベンチで待つ羽衣子のところまで足早に進む。行くよというかけ声に「はい」と答えた。竿を作業台に打ちつけると、かすかな音を立ててパフェグラス型の骨壺が羽衣子の竿からこちらの竿に移動する。これがポンテという工程だ。

あたためて、かたちを整えて。またその作業を繰り返す。

「お兄ちゃんって、作業する時どんなこと考えてんの、いつも」

羽衣子は手を止めずにぼくに問う。

「海のこと」

「海？」

海に小舟を漕ぎ出していくイメージのことを話すと、羽衣子はしばらく首を傾げていた。

「こわくないの？」

羽衣子がぼくを見る。

「こわい」

思い描く完成品から遠ざかっていく時、そこにたどりつけるかどうかもわからない時、いつだってこわい。

「こわくて、楽しい」

こわくて楽しい、と呟いて、羽衣子はしばらく黙っていた。なにかを考えているように見えた。

ベンチに座った羽衣子が竿を転がすのにあわせて、ぼくがジャックで口を広げる。何時間もかけて、ようやく祖父の骨壺は完成した。

蓋の部分は、赤や黄色のガラスの玉をいくつか組み合わせたものにする。これはパフェのなかみをあらわしてるんやで、かわいいんちゃうこれ、かわいいやろ、な、と羽衣子は得意そうに顎を上げる。

色ガラスを紙で包み、すこしずつハンマーで砕く。これをガラス種にまぜて、色をつけるのだ。

「でも、いくらパフェが好きだったとはいえ、自分の骨がパフェのなかみになるなんて。今頃おじいちゃんもびっくりしてるやろな」

顎をひっこめ、口に手を当ててうふうふと息を吐いている。表情の変化が激しすぎて見ているだけで疲れる。

「おじいちゃんは死んでるからびっくりでけへん」

徐冷炉の戸を閉めた羽衣子が「わかってるよ」と低い声を発した。

「わかってるってば。いちいち言わんでも。でもそういうことにしときたいんやって」

ぐうう、という音がして、羽衣子のお腹の音だとわかったが、自分が発した音でもおかしくないぐらいに空腹だった。

ふたりして台所に駆けこみ、食パンをトースターにほうりこむ。バターもなにも塗らずに、押しこむようにして食べた。ふたりとも立ったまま、嚙《か》むのももどかしく牛乳を注いだぬるいコーヒーで流しこむ。お互い一枚では足りず、二枚目をトースターにセットした。

「なんか、ちょっとわかった気がする」

忙しく口を動かす合間に、羽衣子が不明瞭《ふめいりょう》な発音で言った。

「なにがわかったんや。主語が抜けてるからぼくにはわからへん」

「ガラスの骨壺を、お家に置いときたい人の気持ちが」

咀嚼《そしゃく》するのに忙しく、ぼくは頷くのみにとどめた。

「だってわたし、昨日の夜までずっとおじいちゃんとパフェ食べに行ってたこと、忘れてた。すっごい楽しい、良い思い出やったのに。記憶って時間が経つと、すごい遠くなるよな」

遠くなる。昨日ぼくが考えていたのとまったく同じことを羽衣子が口にしたから、思わず噎《む》せてしまった。羽衣子は顔をしかめながらぼくの背中をさすりつつ、「忘れたくないことを忘れないように、お家に置いとくんやな、みんな。大事な人の骨を」と喋り続ける。

「うん」

目尻に滲んだ涙を指先で拭って、牛乳を飲み干した。

「ぼくも同じこと考えてた」

羽衣子はびっくりしたようにぼくを見て、それから「そうなんや」と呟いた。それだけだった。でも何時間も話しあうよりずっと、羽衣子が近くなった。

外はもう、すっかり明るい。小さな窓からさしこむ白い光が、ぼくたちの手や流し台にちらばったパン屑《くず》や、牛乳で白く曇ったグラスを均一に照らしている。

新しいことは、いつだってとても静かにはじまる。高らかにファンファーレが鳴り響いたり、紙吹雪《かみふぶき》が舞ったりすることはない。おごそかに、というのも違う。はじまったことに気づかないほどに、ひたすらに静かに。

窓の外が白かった。雨が降っているせいだ。『ますみ葬祭』に行く途中で降り出した。今日は気温が低く、傘を持つ指がまたたくまに冷え、まだ感覚が戻り切っていない。膝の上で両手の指先をこすりあわせる。

白いブラウスに紺のベストとスカートを身に着けた女の人が入ってきて、ぼくの目の前に湯呑を置いた。冷え切った手で湯呑をつかみ、そのあたたかさにゆるんだ息が漏れた。葉山さんが目を上げて、かすかに微笑む。

『ますみ葬祭』の事務所はあまり広くない。壁際に本棚とコピー機、真ん中にはスチール机が四つかためて置かれていて、観葉植物と衝立《ついたて》の向こうに応接セットが置いてある。その応接セットでぼくらは向かいあっている。

これまでに何度もメールのやりとりをしていたが、葉山さんと実際に顔を合わせて話すのは、つつじの花の前で再会したあの日以来だった。応接セットの脇の棚には、材質も形状もさまざまな骨壺がディスプレイされている。木製のものもあれば、金属製のものもある。

「さっそく、見せていただいてもいいですか。お持ちいただいた骨壺を」

葉山さんが身を乗り出して、ぼくの膝の上のかばんを見つめる。もちろんです、と答えて、箱を取り出した。

そのうちいくつか骨壺を見せてもらえませんかと葉山さんからメールをもらったのは、先週のことだった。そのうちとはいつなのか、いくつかとはいったい何個なのか、と返信した。何月何日の何時に何個、と具体的に言ってもらわねば困ると。

葉山さんは取り出したハンカチで手を擦《こす》り、箱から壺を取り出す。群青《ぐんじょう》色に白がまじった、波打ち際のような模様のもの。れんげの咲く原っぱのような緑とあか紫の色ガラスがちりばめられたもの。雪のような白いすりガラスに金箔《きんぱく》を散らせたもの。最後に取り出したのは茶色がかった、いちばん地味な骨壺だった。

「わたしこれ、好きです」

葉山さんの言葉に、頬が熱くなる。頬だけじゃない。体温が一度か二度上昇したように思えた。ぼくも、これがいちばんいいと思っていた。

「表面に鉄錆《てつさび》をまぶして色を出しています。このやりかたは以前祖父に教わりました」

おじいさまのあとを継がれたんですね。葉山さんが、しみじみとした声音《こわね》になる。

「継いだというか、祖父がやめた後にやろうと決意したんです。ぼくも、羽衣子も」

もっとはやく、ぼくや羽衣子が「工房を継ぐ」と言っていたら、どんな反応を示したのだろう。

「決意するのが遅かったんです」

「遅くても、決意したんでしょう?」

葉山さんは以前は飲食店に勤めていた。ある人の葬儀に参列したことをきっかけに、『ますみ葬祭』で働くことを決めたのだそうだ。

「お葬式に興味を持ったんですか」

「お葬式にというか、まあ、全般です。知人を亡くして……まだ若かったんですけど……なんていうか、でも『死なない人はいないんだな』ってその時思って、大切な人を亡くした人に寄り添う仕事に興味を持ちました」

骨壺に触れる時の慎重な手の動きを興味深く眺めていると、葉山さんがソファーの上で姿勢を正した。

「あらためて、里中さん。ぜひ、弊社で里中さんの作品をあつかわせていただけないでしょうか」

「はい」

「えっ」

葉山さんが口もとに手を当てて笑い出した。

「どうして笑うんですか」

「ごめんなさい。即答だったので、なんだかおかしくて」

今みたいに工房の隅に置いておくより、斎場に委託するほうが良いに決まっていた。羽衣子にも話して了承を得ている。ここに来る前から決めていたことだったから、すぐに返事ができた。笑われる意味はわからなかったけど、笑う葉山さんを見ていると、なんというか、身体がふわふわしてくる。

「そういえば、先日のメール。失礼しました」

「先日のメールの失礼とは、どの部分でしょうか」

「そのうち、いくつか、なんて失礼な言いかたでしたよね。申し訳ありませんでした」

「いいえ、失礼ではありません。ぼくはあいまいな表現が理解できないので、具体的に書いてほしかっただけなんです。できれば、今後もあいまいな表現を避けてほしいです」

葉山さんがゆっくりとまばたきをする。十秒ほどの沈黙ののち、わかりました、と頷く。

高校の時の担任の先生に同じことを言ったら怒られた。お前みたいなもん社会人になったら通用せえへんぞ、と決めつけられた。あの先生、今はどうしているのだろう。

「あらためて、よろしくお願いいたします。里中さん」

「はい。こちらこそよろしくお願いいたします」

雨はまだ降り続いている。新しいことは、いつだってとても静かにはじまる。

第二章
海

1　2020年3月　道

葉山《はやま》さんが店のドアを開けると同時に、強い風が入ってきた。このところ風の日が続く。

「公園の桜、もうすぐ咲きそうでした」

「そうですか」

お花見、行けるかなあ。店の中から外をうかがって、葉山さんが息を吐く。

「やっぱ無理ですよね？　コロナまだまだおさまらないですよね？」

「知りません。ぼくはウイルスのことはくわしくありません」

テレビを見ていても、新聞を読んでも、よくわからない。インフルエンザ程度の感染力しかないとか、若年層はかかりにくいとか、いいや非常におそろしい病気であるとか、マスクで防げるとかマスクをしても意味がないとか、人やメディアによって言うことがけっこう違って、なにを信じていいのかわからない。

「道《みち》さんは、だいじょうぶですか？」

葉山さんはそう言ってから「体調などに問題はないですか？」と質問しなおした。

「はい、問題ありません。体調はいつもと変わらず、良いです。葉山さんは健康ですか」

「健康には問題ありません」

この七年間というもの、葉山さんはぼくと話す時はいつも慎重に、慎重に言葉を選んでくれているようだった。

三か月に一度、葉山さんはここを訪ねてくる。『ますみ葬祭』に委託する骨壺《こつつぼ》を一緒に選ぶためだ。最初は里中《さとなか》さんと呼ばれていたけど、道さん、羽衣子《ういこ》さんと呼ばれるようになった。羽衣子は骨壺のあつかいにかかわることがないけど、それでも葉山さんが店に来たら話ぐらいはする。

『ますみ葬祭』のネットショップでの売れ行きは悪くない。オーダーを希望するお客さんを紹介されることもある。

「お花見、行けるといいですよね。無理かな」

まだお花見にこだわっている葉山さんに椅子《いす》をすすめる。

「葉山さんは、お花見が好きなんですね」

子どもの頃一度、祖父母と一緒に桜を見に行った。それがぼくの最初で最後の花見の記憶だ。

「道さん、友だちと行ったりしないんですか？」

「友だちがいないので、行ったことがありません」

えっすみません、と葉山さんは肩をすくめるが、べつに怒っているわけではないので、謝る必要はない。

「葉山さんは友だちと行くんですか、お花見に」

「まあ……そうですね」

昔一緒にお花見に行く約束をして、その約束を果たさぬまま死んだ「知り合い」がいたのだという。

毎年桜を見るとその人のことを思い出します、と目を伏せるのが気になったが、いったん裏にひっこんだ。紅茶を淹《い》れながら、以前聞いた、葉山さんが斎場で働きはじめたきっかけを思い出した。知り合いを亡くした、と言っていた。葉山さんは、その人と桜を見たかったのだろうか。

戻ってくると、葉山さんはうつむいてスマートフォンを見ていた。時折ぱらりとこぼれる髪が気になるらしく、何度も耳にかけなおす。まつ毛の長さにじっと見入っていると、葉山さんが顔を上げた。

「葉山さんは何歳ですか」

「なんですか、唐突に。嫌なことを訊《き》きますね」

葉山さんが頰《ほお》をふくらませながら紅茶茶碗《ちゃわん》を持ち上げる。

「どうして嫌なことなんですか？　ぼくは三十四歳です。葉山さんははじめて会った時から外見が変化していないように見えるので、ふしぎだな、何歳なのかな、と思って質問しました」

「三十一歳ですよ。年齢を訊かれるのが嫌な女性はたくさんいますから、今後は気をつけたほうがいいです」

外見が変化してないっていうのはうれしいですけど、と首をすくめている。どうして年齢を訊かれるのが嫌なんだろう。首をひねっていると、女性は若いほうが市場価値が高いという感覚があるからですよ、と葉山さんが説明してくれる。

「葉山さんがそう思ってるんですか？」

「わたしじゃない、世間がそう思うんです」

「女性だけですか？　男性はどうなんですか？」

「男性は違います。男は三十過ぎてから、なんて言いますし。ずるい」

「よくわかりません。三十一年生きたら三十一歳になるのがあたりまえなのに。市場価値が高いとか低いとか言うのもよくわかりません。人間はお金で売買するものじゃないのに」

葉山さんは目をぱちぱちさせたのち「ふふっ」と口もとを押さえる。

「道さんと話してると、気が楽になります」

「そうですか」

「みんなにそう言われませんか？」

「羽衣子はいつも、ぼくと話すのは疲れると言います」

きょうだいだと違うのかな、と首を傾《かし》げた葉山さんはまた髪を耳にかける。市場価値がどうとかはよくわからないけど、はじめて会った時も三十一歳の現在も変わらずすてきな人だと言おうとした途中で、葉山さんが立ち上がった。

「工房のほう、今日は人がたくさんいますね」

「たくさんというか、四人ですね」

羽衣子がやっている吹きガラスの教室の生徒さんだ。四人のうち三人は近所に住んでいる女性で、ひとりは今日「一日体験」でやってきた男性だった。さっきちらっとのぞいた時、男性はぼくに気づいてにこっと笑って会釈《えしゃく》してきた。ずっと前からの知り合いみたいに「元気?」と訊かれた。もしかしたら同級生かもしれないと名簿を見たけど「三田村《みたむら》紺《こん》」という名前には覚えがない。羽衣子に訊いたら「もうすぐ結婚する相手に手づくりのグラスを贈りたいねんて。電話で申し込みしてきた人。誰かの紹介とかではなかった」とのことだった。

「道さんは教室のほう、出なくていいんですか」

「教室は羽衣子の担当なんです」

一度だけ、羽衣子の代わりに教えたことがあるけど、あまりうまくいかなかった。なんにでも向き不向きがあるからな、と繁實《しげみ》さんが落ちこむぼくを慰めてくれた。でも、ぼくに向いていることはすくない。

ソノガラス工房の収入は、七割が教室、二割が店の商品と羽衣子がネット販売しているアクセサリーの売上、最後の一割が骨壺の売上だった。たまに繁實さんの手伝いに行って報酬《ほうしゅう》をもらうこともあるけど、それもごくわずかな金額だ。

「羽衣子のおかげで、この工房はやっていけているんです」

「そうですか?」

葉山さんは今日は、三つの骨壺を選んでいった。

自転車で『ますみ葬祭』に戻る葉山さんと一緒に、ぼくも店を出た。今日はこのあと、約束がある。

ぼくが店のドアに鍵をかけているあいだ、葉山さんは『sono』の看板の脇に立てかけた「骨壺あります」の看板を見ていた。

「これは、手書きですか。道さんの」

「はい。また羽衣子に怒られました」

看板をめぐって何度となく衝突し、去年ついに羽衣子が「どうしても看板が置きたいのならしかたがない」と折れた。

「でもへんなのはあかんで。極力ひかえめに」

だからひかえめに小さな字で書いたのだが、羽衣子は「違う！　こんなんぜったいあかん！」と額《ひたい》に青筋を立てていた。

「そんなにだめですか」

そうですねえ、と葉山さんが頬に手を当てる。

「ホラータッチですね。羽衣子さんは、そこが気に入らなかったのかもしれません」

「ホラータッチ」

「はい。まず『骨壺あります』と書いてるペンキが赤い。そして、ところどころペンキがたれてますね。これはまずいです。血がしたたっているように見えます」

「そうでしょうか」

「そうです。とても不吉です。禍々《まがまが》しいんです」

強調したくて赤にしたのだが、それがいけなかったのか。「ひかえめ」とはなんと難しいものだろうか。しかし羽衣子だけならともかく、葉山さんが「禍々しい」とまで言うならよほどおかしいのだろう。がっかりしながら、看板をそっと裏返す。

どこかで昼食をとってから電車に乗ったらちょうどいい時間になる。工房にいる時の昼食はお弁当を買うことにしているのだが、外に出た時はカレーと決めている。カレーならたいていどこにでもあるから「なにを食べようか」と考えずに済む。たくさん考えることがあると疲れる。あらかじめ選択肢をすくなくしておきたい。

「オーダーの打ち合わせですか?」

「いいえ、納品に行きます」

地下鉄に乗るなら公園を通っていきませんか、蕾《つぼみ》でもいいから一緒に見ましょう、と誘われた。葉山さんはよほど桜が好きなようだ。

　街を歩く人たちはみんな言葉すくなに、口もとを布地で覆《おお》ってうつむき加減に歩いている。つられたわけではないがぼくたちもとくに話をすることなく歩いた。風が吹いて、自転車を押して歩く葉山さんがぎゅっと目をつぶる。風が止《や》んだら、葉山さんの前髪に小さな葉っぱがついていた。手を伸ばして取ると、葉山さんがぱっとうつむく。なにか話したいけど、具体的には思い浮かばなくて、結局、今日納品する相手である田沢《たざわ》さんという女性の話をした。

「十年一緒に暮らした犬の骨壺を頼まれたんです」

「犬ですか」

「ゴールデンレトリーバーのロンさんです」

　ロンさん、と復唱して、葉山さんは頷《うなず》く。

「道さんは、犬にもさん付けなんですね」

「はい」

　はじめて工房にやってきた時、田沢さんはずっと泣きながら喋《しゃべ》っていた。話を聞いた羽衣子も泣いていた。

　ともに時間を過ごした相手を喪《うしな》うつらさは、たぶん犬も人間も同じだ。そう話すと、葉山さんは大きく頷いた。

「わたし、道さんがつくる骨壺にかかわれて、幸せです」

あっへんな意味じゃないですよ、と葉山さんが顔の前で片手を振っている。へんな意味ってなんだろうと思ったけど、地下鉄の入り口についてしまった。

「じゃあ、ここで失礼します」

「はい、また」

階段を数段降りて振り返ると、葉山さんはまだそこに立っていた。顔の横で、小さく手を振ってくれる。手を振り返してから、階段を駆け降りた。なんだか、ホームまで一気に走りたいような気分だ。


地下鉄から京阪《けいはん》電車に乗り換える。駅の改札を抜けたところで、人待ち顔で立っている田沢さんを見つけた。家まで持っていく約束だったから、面食《めんく》らってその場に立ち尽くしてしまう。

ぼくを迎えにきたのだろうか？　田沢さんがぼくに気づいて、手を振る。向かいあって立つと、頭ひとつぶん小さい。灰色がかった髪が左右に動く。

「待ちきれなくて、来てしまいました」

「はい。……はい」

なんとかそう答えることができたが、顔がひきつっていたかもしれない。頭で描いていた手順と違うことがおこると不安になる。何度か深呼吸をして、一から十まで数え、今度は十から一まで数えた。これはパニックをおこしそうになった時のおまじないのようなものだ。

　田沢さんの家は駅のすぐ近くにあるマンションだった。骨壺のデザインを決めるために、一度訪れた。ロンさんの写真も見せてもらった。ふさふさとやわらかそうな毛並みと丸い瞳を持つ、きれいな犬だった。

「かしこい子でした」

　田沢さんはティーバッグを入れたマグカップに湯を注ぎながら、このあいだと同じ話をする。ロンさんはもともと田沢さんの親戚の家にいたのだが、事情があって飼えなくなり、田沢さんが引き取った。当時は田沢さんと田沢さんのお母さんのふたり暮らしだった。お母さんが亡くなった時、ロンさんはずっと田沢さんのそばから離れなかったのだという。

「お散歩が大好きだったのに、最後はもう自分では動けなくなっちゃってね」

　部屋の隅に積まれているペットシーツのパッケージは、その頃の名残《なごり》なのだろう。もうつかわないとわかっているのに捨てられないのだ。母も、祖父が入院していた頃につかっていたものをしばらく捨てずに置いていた。

　木箱から骨壺を取り出す。ロンさんの毛と同じような色合いにしたかったので、全体的に琥珀《こはく》色で仕上げた。田沢さんが「もうお骨を入れてもいいですか?」と首を傾げる。

ロンさんのお骨はペット霊園で火葬を済ませた時のまま、小さな陶器の壺に入っていた。

「お骨をうつす時は手袋をしたほうがいいと思います」

持参したビニール手袋を手渡した。カビを防ぐため、一緒に乾燥剤を入れておき、蓋《ふた》との境目にテープを巻いて密閉しておくと良い、と田沢さんにアドバイスする。以前、ぼくも祖父の骨を真空パックにしてもらったけど、犬でもあのサービスは利用できるのかどうかはわからない。あとで訊いてみようと、手帳にメモをする。

うっすらと黄色い骨を、田沢さんは希少な宝石をあつかうように慎重に骨壺にうつしていく。

「あの、これ、巻いてあげてもいいですか」

田沢さんが差し出した赤いバンダナには見覚えがある。写真の中のロンさんが首に巻いていたものだ。

「もちろんです」

持ち手のところに巻いてから、田沢さんは何度か頷く。

「あの、これからロンさんと一緒に、散歩に行きませんか」

どうしてそんなことを言ってしまったのか、自分でもよくわからない。納品したらすぐに帰るつもりだった。ぼくは予定が変わるのがいちばん嫌いだから。でもどうしても田沢さんになにかしたかった。

田沢さんが立ち上がって、骨壺を抱える。

京阪電車の高架とクロスするように、駅の脇を川が流れている。その川沿いの道を、ぼくたちは歩いた。朝と夕方の二度、ここを散歩したという。下校中の小学生と会うと、彼らはかならず寄ってきた。ロンさんはおとなしくて、彼らに吠《ほ》えたりするようなことは一度もなかった。

川のほうからぱしゃんとなにかがはねるような音がした。水鳥が三、四羽、水面《みなも》をすべるように移動していく。彼らが進んだ後の水面にはまっすぐな線が生まれ、すぐに消える。

「わたし、ひきこもりだったんです」

黙っていた田沢さんが、とつぜん話しはじめた。

勤めていた会社で「ちょっとした人間関係のトラブル」があって、電車に乗れなくなった。会社を辞めると、今度はちょっと近所に行くのもこわくなった。

「自分で言うのもなんだけど『いい子』だったんです、ずっと」

ただだをこねない子。学校で問題をおこさない子。成績もそこそこいい子。でもそのたった一度の「ちょっとした人間関係のトラブル」で、つまずいてしまった。

「マンションの一階の郵便受けを見に行くような、そんなことさえでけへんようになったんです。わかります?」

「……はい」

もちろん、話そのものは理解できている。心情が理解できないだけだ。ぼくは「いい子」じゃなかったから。

「母はそんなわたしに『がっかりした』と言いました。今まではちゃんとできてたやないの、と詰《なじ》られました。けど、今までできてたことがとつぜんできなくなることって、あるんですよ。やっぱり、あるんです。たぶん誰にでも」

ロンさんがやってきたのは、そんな時期だった。

ロンさんは一日に何度も散歩に行きたがった。広い場所を駆けまわりたがった。

「リードでつないで歩いてるでしょう。あの子ね、ときどきこっちを振り返るんです。ね、散歩って楽しいよね、みたいな顔してね。ほんとうにかわいくて……かわいくて」

田沢さんが笑いながら骨壺を抱えなおす。笑っているのに瞳は濡《ぬ》れている。

「あの子を散歩させてると、いろんな人が話しかけてくるんですよね。最初はそれが面倒だったけど、それもすこしずつ慣れてきて。ロンのことかわいいって言ってもらえるとやっぱりうれしくてね。だんだん遠くまで足を延ばすようになって……また働くようになったんです。ロンのごはん代とか、病院代とか、稼がなあかんからね」

「そうですか」

こんな時、羽衣子ならもっと、この人とうまく話せるのだろう。吹きガラス教室の生徒を如才《じょさい》なくさばく様子を思い出しながら、唇《くちびる》を噛《か》む。以前娘さんを亡くした人に「前なんか向かなくてもいい」と言って、羽衣子を怒らせたことがあった。

「いつかまた、犬を飼うかもしれません」

田沢さんは前を向いて、歩き続ける。

「その犬は、でも、ロンの代わりではないんです」

「はい」

今度は「わかります?」とは訊かれなかったけど、ちゃんとわかった。誰も、誰かの代わりにはなれない。

川でまた水音がしたけど、ぼくはもう、そちらを見なかった。田沢さんも。

田沢さんとの会話を反芻《はんすう》しながら、帰路についた。工房の前で誰かが行ったり来たりしている。一日体験に参加していた三田村紺という男性だった。目が合うと、にこっと笑って頭を下げる。

教室は終了したらしく、工房には他の生徒さんや羽衣子の姿はない。後片付けも完璧に済んでいる。

「体験でつくったやつ、いつ頃取りに来たらいいか訊くの忘れたから、戻ってきたんです」

駅から引き返してきたという三田村さんがそう説明してくれる。工房の壁にかかっているカレンダーを確認して、一週間後に来てもらえばいいと答えた。宅配便で送ることもできると。

わざわざ帰りがけに引き返してきたにもかかわらず、三田村さんはさほど興味がなさそうにフンフンと頷いている。たいして興味がない事柄でも、一度疑問に思ったら確認せずにはいられないのかもしれない。人間の数だけルールが存在するし、ぼくはそれを尊重したい。三田村さんは、と話しかけたところで「俺ら同い年やし、呼び捨てでええよ」と遮《さえぎ》られた。

「同い年?」

「うん」

羽衣子にぼくの年齢を聞いたのだろうか。でもいきなり三田村なんて呼べない。三田村くん、と呼んでみたが、いかにもぎこちなく響いた。

「吹きガラスは、もう長いことやってんの?」

本格的にはじめたのは祖父が死んでからだと説明すると、へえ、と目を丸くする。店の中を見たいと言われたので、鍵を開けた。

「俺これ、好きやなあ」

棚の鉢《はち》をのぞきこんで、そう呟《つぶや》く。それから、いろんなことを話した。というか、三田村くんがつぎつぎに発する質問にぼくが答えただけだ。三田村くんは母のことも知っていた。出ていたテレビ番組やレシピ本を見たこともあると言い、すごいすごいとしきりに感心してみせる。

「母親が有名人って、どんな気分？」

「とくにぼくの生活に影響はありません」

「敬語やめて」

「影響はない……母は母で、ぼくはぼくですから……ぼくはぼくで……あれ、ぼくはぼく、やから」

三田村くんはおかしそうに肩を揺らしている。呼吸を整えたのちぼくの顔を見て、ブフッと吹き出す。いったい、なにがそんなにおかしいのだろう。

「きみ、おもしろいよな」

「ぼくはおもしろくないです」

「あ、です、って言うた」

「おもしろくない……よ」

「連絡先訊いてもいい？」

レジ台にもたれかかった三田村くんが「吹きガラスのこととかいろいろ訊きたいし」と

上目遣いになる。それなら羽衣子に訊けばいいと思ったけど、結婚する相手に心配をかけたくないから男性のほうがいい、とのことだった。

あらためて相手の姿を見る。背が高くすらりとしていて、目鼻立ちが整っている。多くの人の目をひきつけるに違いない。こんな人と結婚する女性は、心配も多いのだろうか。

「友だちになってほしいなー」

そんなことを言われたのははじめてで、ぼくはぽかんと口を開けたまま、スマートフォンをあやつる三田村くんの細長い指を見ていた。

これからよろしくな、と言い残し、三田村くんが店から出ていった。入れ替わりみたいに羽衣子が入ってくる。

「さっきの人、なんか買っていったん?」

「いや……」

「人懐っこくてさわやかやけど、ちょっとうさんくさいよな」

羽衣子はけわしい顔でドアを睨《にら》みつけている。

「え? そう?」

そうや、となぜか羽衣子がしかめ面《つら》で腕を組んだので、無意識にスマートフォンが入っているポケットを押さえた。連絡先を交換したことを知られてはならない気がした。幸いにも羽衣子は棚にはたきをかけはじめ、会話はそこで終了した。

「あ、どうやった？　田沢さん」

「うん。気に入ってくれた」

「よかった」

羽衣子はこちらを見ないが、頬がゆるんでいる。田沢さんの骨壺は、作業のほとんどを羽衣子に手伝ってもらった。ロンさんの毛の色を再現したかったが、うまくいかずに何度もやりなおして、「お兄ちゃん、手間かけすぎ」「こんなん赤字やで」と怒られたけど。

羽衣子は骨壺をあつかうことについて最初すごく嫌がっていたけど、最近はそんなふうに手伝ってくれるし、納品の時にお客さんがどういう反応をしたかを、すごく気にするようになった。

「帰りが遅かったから、なんかトラブルでもあったんかと思ってた」

「散歩しとったんや」

「散歩？」

田沢さんが語ったロンさんの話を聞いたまま再現した。なにげなく羽衣子を見ると、涙をぼろぼろこぼしている。ちょっと鼻水もたれていた。

「どうしたんや」

「どうしたんやって……そんなん、そんなん、泣くに決まってるやんか！」

そんなん、泣くわ、と同じことを何度も言いながら、羽衣子が手の甲で涙を拭《ぬぐ》う。

「田沢さん、つらかったやろな」

「……なんでそんなに、他人の話に感情移入できるんや」

「できるとかじゃなくて、してしまうの！　人間は感情のある生きものやの！」

呆《あき》れたような顔せんといてよ、馬鹿にしてんの、と叫んだのち、羽衣子はすごい勢いで店を飛び出していった。ドアを乱暴に閉めたせいで棚の上の商品がかすかに揺れた。

呆れてなんかいない。ぼくはただただ、羽衣子に感心していただけだ。ほんとうにただ、それだけだった。

2　2020年3月　羽衣子

はじめて行く店だった。このあたりの飲食店は知らぬ間にオープンしたり、あるいは知らぬ間になくなったりして、めまぐるしい。空堀《からほり》商店街の途中から左に逸《そ》れて、細い路地をどんどん歩いていった先にある店だ、と教わっていた。短い間隔で何度も坂道が出現する、歩きにくい道だ。ふつうの民家と商店が混在しているが、人が住んでいるのか、あるいは営業しているのかよくわからない建物も多い。商店街の中にあるどらやき屋さんの袋を提《さ》げた男の人が、足早にわたしを追い抜いて行った。

古い町家を改装した店内に入ると、三人がわたしに気づいて、みんながいっせいに手を振る。みやちゃんとゆきなと前田《まえだ》は専門学校の同級生で、ソノガラス工房の店の改装やウェブサイト運営やショップカードづくりを手伝ってくれた子たちでもある。

「ひさしぶり！」

三人のうち、みやちゃんと顔を合わせるのは二年ぶりだった。赤ちゃんが生まれた時にお祝いを持っていって、それが最後だ。育児がたいへんすぎて、友だちと会うどころではなかったそうだ。テーブルの上の、すでになかみが半分ほど減っているワインの瓶《びん》に目をやる。教室のほうが長引いてしまって、集合時間に間に合わなかった。

店内は思ったより混んでいた。最近は「自粛」という言葉ばかり聞かされてうんざりだと前田が肩をすくめる。みやちゃんは自分は子どもがいるからやっぱり不安だし、今日だってけっこうびくびくしながら外に出てきたと言う。ゆきなは「でもさ、みんなが自粛してるうちに、こういう飲食店は簡単につぶれたりすると思うねん」と周囲を見まわす。それぞれの言いぶんがぜんぶわかるだけに、あいまいに頷くしかない。

「みやちゃん、子どもだいじょうぶなん？」

コートを脱ぎながら、頬を赤くしているみやちゃんに問う。

「うん、旦那《だんな》が家で面倒みてる。『寝ないんだけど』ってＬＩＮＥ来たけど、そんなん自分でなんとかしてよって話やんな」

「ほんまやで。あんたの子やんって感じ」

この四人の中で結婚しているのはみやちゃんだけだ。ゆきなは何年もつきあっている人がいるからそのうち結婚するだろう。前田はとてもきれいな顔をしていて、性格もさっぱりしている。この中ではたぶんいちばん男の人にもてると思うけど、本人はあまり恋愛に興味がないみたいだ。

専門学校に通っていた頃、わたしは「結婚がいちばんはやそう」と言われていた。まことくんという年上の恋人がいたからだ。みやちゃんは勤めていた会社の先輩と出会って半年で結婚した。既婚者はよく「結婚はタイミング」みたいなことを言うけど、みやちゃんもそうだった。

「あ、なあ羽衣子、見た？　前田の絵」

ゆきながバッグから本を取り出す。前田は専門学校を卒業後、イラストレーターとして生活している。本人は「食べていけるほど稼いでない」と言い、今もバイトをしているけれども、つい最近小説誌の連載の挿画の仕事をもらったと言って喜んでいた。専門学校の同級生のほとんどは、今は絵と関係ない仕事をしている。

ゆきなが開いたページをのぞきこむ。細い、けれどもくっきりとした線で描かれた桜の木と、それを見上げる男、という構図だった。

「こういうのって小説の内容に合わせて描くんやろ？　自由に描きたくなったりせえへん？」

白ワインに口をつけ、わたしの皿にカプレーゼを取りわけてくれる前田に問いかける。

「いや自分では選ばへんようなモチーフとか人物とか描くのって、けっこう楽しいよ」

前田はいつものように淡々としているけど、「楽しい」と言った時だけ、照明を切り替えたみたいに顔が明るかった。

「あ、思い出した。羽衣子にガラスの鉢をオーダーしたいねん」

前田はスマートフォンの画像をわたしに向ける。去年前田が店に来た時に買ってくれた鉢が前田の部屋に飾られている。

「これ、うちのお母さんがすごい気に入っててさ。来るたび『ええなあ、これ、ええなあ、ちょうだい』って。でもわたしも気に入ってるから、似たイメージでつくってくれる?」

「そうなんや。ありがとう」

悪い気はしない。自分がつくったものを「すごい気に入って」くれる人がいるなんて、とても嬉しいことだ。でも、もし赤の他人だったら、前田や前田のお母さんは、わたしのつくったものを気に入ってくれたんだろうか。目にとめてくれたんだろうか。つい、そんなふうに考えてしまう。

同じものを同じようにつくっても、わたしは道に劣る。

「あ、でも忙しいなら無理せんといてな」

黙りこんだわたしを気遣うように、前田が首を傾げる。

「そんなことない、ただ……」

ただ、どうしても思ってしまうのだ、と正直に告げた。同じものなら、きっと道がつくるほうがもっといいものになるはずだと。

「あー、なんか羽衣子のお兄さん、変わってるしな」

みやちゃんが口を挟む。ゆきなも「天才肌って感じ」と同意する。前田もなにか言いかけたが、言葉が見つからなかったのか黙ってしまった。

以前は道を世界から弾《はじ》き出す言葉だった「どこか人と違う」に、数年前から賞賛《しょうさん》の色がまじり出した。

「道はたしかに人と同じことはできないかもしれないけど、その代わりに特別な能力を与えられているんだから、サポートしてあげてね」と世間の人に言われているような気さえする。「だって道は特別な人間だけどあなたは（たぶん）そうじゃないし、なんと言ってもふたりきりのきょうだいなんだから」と。

「あ、吹きガラス教室のほうは、どう？」

ゆきなが話題を変えてくれた。

「まあ、順調かな」

教室に来るのはほとんどが女性だ。一日体験に来るのは若い人が多いけど、何年も通っている生徒さんは子育てが一段落した人や、三十代の会社員や、中には七十代の人もいる。自分よりずっと年上の人になにかを教えるのはへんな気分だったけど、もう慣れた。

吹きガラスには、とにかく体力をつかう。竿《さお》そのものが重いし、炉《ろ》の熱で化粧なんかすぐに流れ落ちてしまう。なにより熱いガラスは生きものだ。はじめたら完成するまで一時も動きを止められない。

「出会いとかないの」

「ない。皆無」

まことくんと別れてから今まで、誰ともつきあっていない。引きずっているとかそういうことではなくて、今はなによりも工房の運営を優先したい。恋愛とかそういうことはすべて後まわしになっている。

「このあいだ、めずらしく一日体験に男の人が来たけどね」

「そうなん？　ええやん」

みやちゃんが身を乗り出す。

「もうすぐ結婚するらしくて、ペアグラスつくりに来たんやで」

「あ、それは残念やな」

「べつに」

三田村紺は姿は良いけど、へんな男だった。ペアグラスと言いながらグラスを三個もつくった。割れた時のスペアのつもりだろうか。

それに、工房の中をじろじろ見たり、うちの家族のことをあれこれ訊いてきたりして、つくづくみょうな男だった。

道は今日、三田村紺と会っている。みょうにそわそわしているので問いつめたら、「一緒にごはんを食べる約束してる」と恥ずかしそうに白状した。

ずっと友だちがいなかったみたいだからうれしいのはわかるけど、初デートをひかえた中学生みたいでちょっと気持ち悪かった。会うのならついでに渡してくれと、三田村紺がいつまでも取りにこないペアグラス（三個だけど）を押しつけてきた。今頃一緒にいるんだろうけど、ふたりがどんな会話をするか想像もつかない。へんな男同士、気があうのかもしれない。

注文した料理が運ばれてきて、わたしたちはしばらく食べたり飲んだりした。「これおいしそう」と全員の意見が一致したあさりと春キャベツのパスタは四人で分けるとちょっとしか食べられなくて、どうしよう、もう一皿頼む？　それともべつの料理いっとく？と言いあう。四人もいれば会話が途切れることはまずなくて、たえまなく喋り、笑い続けた。

「そういえば、羽衣子、茂木《もぎ》くんって覚えてるよな」

専門学校の同級生の名前を、ゆきなが口にする。ゆきなは今、天然石のアクセサリーの店で働いている。店は百貨店の中にあって、茂木くんはその百貨店の営業企画部の社員なので、ときどき顔を合わせるらしかった。

「ああ、うん。もちろん」

いつも人の好《よ》さそうな笑顔を浮かべた茂木くんの顔はちゃんと覚えている。おとなしくて、教室ではいつも隅のほうの席で授業を受けていた。

「吹きガラス教室、今度行ってみたいって」

「あ、そうなん？　大歓迎やで」

ていうか今呼んでいい？　とゆきながスマートフォンを取り出す。すばやくメッセージを打ちこんでから、ピザを持ち上げた。冷えてかたまったチーズが空中で揺れる。テーブルに置いたスマートフォンが短く鳴って、ゆきなは口を動かしながら画面をのぞきこむ。

「すぐ来るって」

「茂木くんって羽衣子のこと好きやったもんね」

みやちゃんが意味ありげに笑い、ゆきなと視線を交わしている。

「やめてや、またその話？」

雨の日に折り畳み傘を貸してくれたり、課題を手伝ってくれたりした。祖父の入院中に病院で偶然会った時もチョコレートをくれた。いろいろ親切にしてくれた記憶はある。でも、わたしはなるべくその好意に気づかないふりをしていた。というか、気づいていることを悟られないようにしていた。

「茂木くんとつきあえばええのにってみんな言うてた」

前田までそんなことを言い出した。これからここに来る茂木くんを、いったいどんな顔で迎えたらいいんだろう。

でも昔の話だ。卒業してからもう九年も経《た》っている。

ふつうにしてればいいんだと自分に言い聞かせながら、トイレに立つ。鏡の前に立って、へんなところがないかたしかめた。

へんなところだらけで、思わず洗面台に両手をついた。髪はあちこちはねているし、出がけに急いで塗ってきた口紅がすっかり剝《は》がれ落ちてしまっている。化粧ポーチを取りにいきたいけど、恥ずかしい。茂木くんを意識していることより、意識していると三人に悟られることのほうが恥ずかしい。

髪を撫《な》でつけて席に戻ったら、茂木くんがいた。線の細い男の子という印象だったけど、なんだか全体的にがっしりしている。職場から直行したのか、黒縁《くろぶち》のメガネをかけ、スーツを着ていた。

「あ、羽衣子ちゃん」

ひさしぶり、と目を細める人の好さそうな笑顔は、やっぱり茂木くんだった。九年という歳月のぶんだけ大人っぽく、男っぽくなっている。ひさしぶり、と答える声が上擦《うわず》った。中学生みたいで気持ち悪いのは道じゃなくてわたしだ。

視界の隅で、ゆきなたちが意味ありげに視線を交わして微笑《ほほえ》んでいる。

3　2020年4月　道

　緊急事態宣言というのが出て、三田村くんの結婚披露宴が中止になった。三田村くんは「自粛」という言葉をつかった。自粛。一生ぶん、その言葉を耳にした気がする。じゅうぶんな間隔を空《あ》けて置かれたアウトドア用の椅子の合間を縫うようにして、白いワンピースを着た花嫁さんとスーツ姿の三田村くんが歩きまわっている。マスクをつけているのが不似合いだけど、彼らの気遣いが伝わってきた。

　頼んでいた花がもったいないから、淀川《よどがわ》の河川敷《かせんしき》で小さな花束をたくさんつくってみんなに配ることにしたのだそうだ。

　ぼくも呼ばれた。ワゴン車の中で、マスクをつけた年配の男女がせっせと花束を渡している。ぜんぜん知らない人でもいいからと花をもらってほしいとSNSに投稿した結果、けっこうたくさんの人が集まったという。ぼくが到着した頃にはその人たちはもう去った後だった。

　三田村くんがぼくに気づいて、近づいてくる。花嫁さんは友人らしき女の人と話していたから、ひとりで歩いてきた。

「来てくれたんや」

「え、だって『来る』って返事したやんか、ぼく」

「それはそうやけど」

ははは、と笑い声を上げた三田村くんは「ちょっと待ってな」と背後を振り返った。

「お父さん！」

その声に、ワゴン車の中にいた男の人が顔を上げた。車から降りて近づいてくる、と思ったら、途中で立ち止まった。どうしたのだろう、とその様子を眺《なが》めていて、唐突に理解した。ぼくの識別能力や記憶力に問題がなければ、あれはぼくの父だった。マスクをしていてもわかる。ずっと昔に家を出ていった、あの父だ。

父は驚いたように目を見開き、しばらく立ち尽くしていた。お父さん、と三田村くんがまた呼ぶ。父は、やがて意を決したように近づいてきた。

「道？」

父が口にするぼくの名は、ぼくの名ではないように聞こえる。

「紺、これはどういうことや？」

三田村くんは小さく肩をすくめるだけで、説明してくれようとしない。

「まあ、しばらくふたりで話してて」

それだけ言って、向こうにいってしまった。まるで意味がわからない。

「……とりあえず、座ろうか」

父に促《うなが》されて、置かれていたアウトドア用の椅子に座る。なんとも不安定な座りごこちだった。

当然のことながら、父は記憶より老けていた。髪には白いものがまじっているし、皺《しわ》も目立つ。

「紺が、『会わせたい人がおる』って言うてたけど、道のことやったんか？」

「知りません。ぼくに訊かれても困ります」

「どういう関係なんや、お前ら」

「それはぼくの質問です。三田村くんのお父さんなんですか、あなたは」

父は困ったように人差し指で眉《まゆ》を搔《か》いて「紺はサツキさんの息子や」とワゴン車のほうを見る。サツキさんというのは父が家を出た後に一緒に暮らしている女の人のことなのだろう。ワゴン車の中で花を手渡している女の人を見ながら、疑問が湧《わ》きおこる。

「三田村くんってもしかして、ぼくたちの異母きょうだい？」

「それは違う」

父がきっぱりと首を振る。サツキさんが夫と死別した後に転職した会社が父の勤め先で、そこで知りあったのだという。同じ年齢の息子がいることで親しくなり、よく話すようになって、交際に至ったらしい。その頃ちょうど恵湖《けいこ》は、と言いかけて、お前のお母さんは、と言いなおした。

「料理の仕事、あれが忙しくなって。家を空けることが増えて……だんだん喧嘩《けんか》が増えて。お前のこととか、その、サツキさんにいろいろ相談してるうちに親しくなって」

ぼくのなにを相談していたのか、父はそれは言わなかった。でもだいたい想像がついた。「なんでお前は他の子みたいにでけへんのかな」が父の口癖だった。「人並みにでけへんことが恥ずかしいと思わんのか」も。

三田村くんは、ぜんぶ知っていたのだろうか。いつから？　最初から？

「サツキさんと一緒に暮らしはじめた時、紺はもう十三歳やったからな。でも『お父さん』って呼んでくれて……」

「それはどうでもいいです」

家を出た父がどのようなこれまでを過ごしてきたのかなんて、どうでもいい。ぼくが知りたいのは、どうして三田村くんがソノガラス工房に来たのかということだ。どうして、ぼくに近づいたのか。父とぼくを引き合わせるために？　ただ、それだけのために？

「三田村くんと話がしたいです。あなたはもう向こうに行ってください」

父がぼくをまじまじと見つめる。どうしてこんなかなしそうな表情ができるのか、ぼくにはわからない。自分の意思で家を出ていき、ぼくと羽衣子の父親であることをやめて三田村くんの父親になった人。父は、ぼくにとってはずっと前からすでに存在しない人間だった。まだこの人にこだわっているのは母だけだ。

「わかった。呼んでくるから、ここで待っときなさい」

父がのろのろと椅子から立ち上がり、三田村くんのもとに歩いていく。入れ替わりに、三田村くんがぼくの隣に座った。

「どうやった？　感動の親子の再会できた？」

「……なんで？」

尖《とが》ったもので胸をえぐられているみたいで、うまく息ができない。心と身体はつながっているのだと、あらためて気づく。

これまでに三田村くんとなんの話をしたのか、ひとつひとつ思い出そうとする。

「道くんのお父さんってどんな人なん？」と一度だけ訊かれた。「おらん」と短く答えた時、三田村くんはどんな顔をしていただろうか。ちょっと前のことなのに、なぜかもう思い出せない。

「なんでこんなことすんの？」

「いやあ、どういう気分やったんかな、と思ってさ」

お父さんがな、と父のほうを指さす。たった今ワゴン車から飛び出してきた女性、あれがサツキさんなのだ。父はサツキさんとなにかを話している。サツキさんが心配そうにこちらを見ているのがわかる。マスクをしているので顔はよくわからないが、目元が三田村くんとそっくりだ。

「血のつながった息子と、一緒に暮らしてる血のつながりのない息子。お父さんの中ではどういう位置づけやったんかなーと思って。俺らがふたり並んだ時の反応を見たかってん。なんやったら今ふたり同時に川で溺《おぼ》れてみせて、どっち助けるかためしたいぐらい」

ちょっといじわるしたい気持ちもあったかなー、と三田村くんは頭を掻《か》く。いたずらが見つかった小学生のような、邪気のない表情を浮かべて。

「お父さんの実の子がどんな人たちか単純に見てみたかったから、一日体験に参加したんや。羽衣子ちゃんやったっけ。あの子はちょっとガードがかたくてな。まあ、もともと興味あったんはきみのほうやったし」

「友だちになりたいって、あれ、嘘《うそ》？」

「道くんはさ」

ぼくの質問に答える気はないらしい。三田村くんの顔がくしゃりと歪《ゆが》む。

「お父さんに戻ってきてほしいと思わんかったん？　今まで」

「……そんなふうに思ったことは、ない」

父が出ていった時は「どうして」と訊きたかった。どうしてぼくらを置いて出ていってしまうのか、と。

でもそれらの感情は、とても遠かった。祖父が死んだ時のことは、細部までくっきり思い出せるのに。ぼくにとっては、父のことはとうに終わったことだった。

「俺はけっこう、複雑やったで。なんせこっちは死んだ父親の記憶もしっかり残ってるしな。お父さん……その頃は里中のおじさんって呼んどったけど、おじさんは家に遊びに来て勉強とか教えてくれて、運動会も見に来てくれて……あと、遊びにもいっぱい連れていってくれて……そういうやさしいおじさんでも『お父さん』って呼ぶのは、最初はけっこう抵抗あった。よそに実の子どもがおるって知ってたから、よけいに」

父がぼくの運動会を見に来たことは、あっただろうか。あったとしても、だいぶ小さい頃だ。

幼稚園の発表会のダンスは踊らなかった。小学校でも徒競走の時、走らなかった。理由は覚えていないけど、その時のぼくにそうするだけの理由があったのはたしかだ。「みんなと同じように」することよりも、大切な理由が。

観覧席にいた、途方にくれたような表情の父と目が合って、さっと逸らされたことを唐突に思い出した。今までずっと忘れていたのに、つぎつぎよみがえってくる。帰り道で「お前、なんでいつもそうなんや。なんで俺に恥をかかせるんや」とこちらを見もせずに、吐き捨てるように言われたこと。その夜遅く、両親が喧嘩していたこと。

「結局あんたは、道のことを恥ずかしいと思ってるんやろ。自分の思い通りにならへん子やからもてあましてるんや、そうやろ」

父を責め立てる母の声は、泣いているみたいだった。父の返事は覚えていない。

「あの人は、三田村くんを助けるよ。ぼくたちふたりが溺れてたら」

だって三田村くんは、父に恥をかかせない息子だったんだろうから。

「三田村くんは、うれしいの？　あの人に助けてもらえたら」

離れたところにいる花嫁さんがこちらをちらちらと見ているのに気づいた。かたわらに四歳ぐらいの女の子がいて、ワンピースの裾《すそ》を引っぱっている。

「なあ、道くん。お父さんはあの頃、どういう気持ちで俺の父親になったんやろな」

「知らん」

なんでぼくに訊くの、と問う声が裏返った。なんで、そんなことを、ぼくに。

「なんであの人に訊かずに、ぼくに」

お父さん、紺、と呼びあうぐらいの関係を築けているのだから、ぼくを巻きこむ必要なんかなかったはずなのに。

三田村くんが「そうやな」と脱力したように呟くのと、四歳ぐらいの女の子が「紺くん！」と叫んで駆け寄ってくるのとほぼ同じだった。

三田村くんは女の子を抱き上げ、花嫁さんのもとに歩いていく。ごめんな、と言ったように聞こえたが、聞き間違いかもしれない。数歩歩いて振り返った三田村くんはなんとも言えない表情をしていた。

「新しい家族の誕生やね」

誰かがそんなことを言って、写真をとりはじめた。それで、あの女の子は花嫁さんの子どもなのだとわかった。

三田村くんが「結婚する相手」に贈るグラスが三個だった理由も、同時に理解した。

「結婚、おめでとう」

声に出して言ってみた。まだ伝えていなかったことを思い出したから。でも向こうにいる三田村くんには届かない。あらためて伝える機会も、きっとこの先ないだろう。


家に帰ったら、玄関に母の靴があった。隅に巨大なスーツケースも置いてある。居間に入っていくと、母は横座りになって、ちゃぶ台にぼんやり肘《ひじ》をついていた。

「どうしたん？　お母さん」

「ああ、料理教室、しばらく休校にするって決まったからね。東京におってもしかたない。こっちに来ていいかどうか、けっこう迷ったけど」

つけっぱなしのテレビから、緊急事態宣言、という言葉が聞こえてくる。マスク。補償。クラスター。母がぼくを見上げる。

「道、なんかあったん？」

どう答えるべきか、しばらく悩んだ。

「お父さんに会った」

母は表情を変えなかった。そう、と頷いて、台所に入る。

「コーヒー淹れるわ。あんた手洗っておいで」

手を洗っていると「うがいもな」という母の声が追いかけてくる。入念にうがいをして居間に戻ると、母はすでにコーヒーを淹れ終えていた。

「会いにきたん？　あの人のほうから」

「違う」

母がリモコンを手にとって、テレビを消した。なんとかぜんぶ話し終えて冷めてしまったコーヒーを飲む。

「なにがしたかったんやろ、その彼は」

「知らん。ぼくは三田村くんではないから」

ぼくを振り返った時の、あの目。泣いているようにも、笑っているようにも、おびえているようにも見えた。「なにがしたかったか」なんてもしかしたら三田村くん本人にもわかってなかったんじゃないだろうか。

「ぼくのせいやったんやな。お父さんとお母さんが、うまくいかんようになったのは」

いろいろ、思い出してん。そう続けると、母が虚を突かれたように顔を上げた。

「ちがうよ！」

悲痛、と表現してもよいほどの声だった。

前にもこんな声を聞いたことがある。中学の三者面談の時だった。今日は古い記憶がどんどんよみがえる。

協調性がない、と担任の先生がぼくを評した時だった。

「道はこういう子なんです！」

協調性云々《うんぬん》は、小学生の頃から言われてきたことだった。言われるたび、母はいつも「ご迷惑をおかけしてすみません」と縮こまっていたのに、その日だけは違った。

「だって腹立ったもん」

帰り道で、母はバッグをぶんぶん振りまわしていた。

「なんでいっつもいっつも道のほうが周囲に合わせなあかんの？　そんなんおかしいやんか。たまには学校のほうが道に合わせたらええねん！　個性は大事とか言うくせに！　嘘ばっかり！」

もしかしたらなにか他にむしゃくしゃするようなことがあって、そのうえでのあの感情の大爆発だったのかもしれない。後にも先にも、母が人前で庇《かば》ってくれたのは一度きりだった。

それでも、ぼくはうれしかった。母が先生に謝らなかった、ということが。

そんなことを思い出しながら、口を開きかけてはやめる母を見ている。髪の生《は》え際がずいぶん白くなっていることに、唐突に気がついた。

「お母さんって、もう白髪《しらが》なんや」

ああこれ、と母が自分の髪に手をやる。

「そうよ。何年か前から、急に増えて。染めてんねん」

母が年齢を重ねている。あたりまえのことなのに、今はじめて発見したように驚いた。心のどこかで、母だけはいつまでも若いまま、元気なまま、自分より強くて物知りなままだと思いこんでいた。

「お母さんは、いつもぼくの味方やったな」

「……あたりまえや」

呆れられたり、怒られたり。何度もそんなことを繰り返した。だけど、一度も母に見捨てられたと感じたことはなかった。それはほんとうに「あたりまえ」だろうか。じつはすごいことなんじゃないだろうか。

「うん。ありがとう」

これまでいろんな人に守られて生きてきた。その事実だけで、これからも生きていける。

「お母さんは、もう、自分の人生をいちばんに考えてくれてええから」

なに言うてんねん、と母がふっと息を吐いた。どうやら、笑ったらしい。目尻がやさしく下がっている。

「とっくにそうしてるわ」

ぼくの気持ちは伝えた。この後父とどうするかは、母自身が決めることだ。

4　2020年4月　羽衣子

あほちゃう、と百回ぐらい言った気がする。道から三田村紺についての話を聞く、ほんの十分間ぐらいのあいだに。言うたびに頭の中でなにかが音を立てて爆《は》ぜ、火の粉が舞い上がる。

道は父に会ったことより「三田村紺と友だちになれたと思っていたのに違った」ということのほうがショックだったようで、道具の準備をしながらいつまでもぐずぐずと「もう会われへんのやろうなあ」と呟いている。

「なんで会う必要があんの！　お兄ちゃんあいつに利用されたんやで？」

「……ぜんぶ嘘やったんかなあ」

おもしろい、喋っていると楽しい、と言われたことも、ぜんぶ嘘だったのだろうか、すこしぐらいはほんとうにそう思ってくれていたんだろうかということを、道はいつまでもしつこく気にしている。

「嘘に決まってるやん」

ただ誰かを傷つけたい、というだけの理由で行動する人間はいくらでもいる。でも道には、そんな感覚は一生理解できないかもしれない。

「お兄ちゃん、三田村の連絡先教えて」

「なんで」

「決まってるやんか！　呼び出して一発殴《なぐ》ってやらな気が済まんわ！　だいたいお兄ちゃんもなんでまた黙って帰ってきたん？」

三田村紺は道をコケにした。ただでは済まされない。

「もうええねんて、羽衣子」

振り上げた手を道につかまれ、また頭の中で小さな爆発がおこった。大阪府全土をさがしまわり、三田村紺を見つけ出した暁《あかつき》には首根っこをつかまえて「お前か！　お前かコラ！　道にひどいことしたんはお前かコラ！」と叱《しか》りつけたい。巻き舌になりすぎて「コラ」が「クルゥアッ！」と聞こえるぐらいに怒鳴りたい。

アスファルトに額を擦《こす》りつけ、流血しながら謝ってほしい。お前にそんなことをする権利はないんだと言ってやりたい。道を困らせていいのは、わたしだけなのだと。

「わたし、外に出かけるから」

「どこ行くの？」

答えずに工房を出た。ほとんど駆けるようにして向かうと、茂木くんが空堀商店街の入り口に佇《たたず》んでいるのが見えた。わたしに気づいて、大きく手を振る。仕事で近くに行くから一緒にお昼でもどうかと、昨日の夜に誘われていた。

　あれから何度かふたりで会っている。体験教室に来てくれて、その後に一度ごはんに誘われた。みやちゃんたちはわたしと茂木くんがつきあいはじめたと思っているみたいだけど、まだそういう話にはなっていない。

　話題はやっぱりどうしても新型コロナのことばっかりになってしまう。もしかしたら、茂木くんの勤め先の百貨店も休業することになるかもしれないという。

「羽衣子ちゃんとこは、どうする？」

「工房は休まへんけど、店はどうやろね。教室はもうすでにお休みにしてるけど」

「そうなんや。あ、ところで羽衣子ちゃん、スリランカの料理って食べたことある？」

「たぶん一回もない」

　商店街の中にあるそうだ。おいしいから一緒に行きたいなーと思って、とにこにこする茂木くんは、やさしい人だ。今だって後ろから来た自転車からさりげなくわたしを庇いながら歩いている。

「こんなかっこうでごめんね」

　いちおう着替えだけはしてきたけど、化粧はできなかった。髪もてきとうに結んできただけ。

「ごめんね、なんて言う必要ないのに」

「そう？」

茂木くんの職場は百貨店だ。「総務部やし、洋服や宝飾品売り場に立ってるわけじゃないんやで」と言っていたけど、やっぱり日頃からきれいなものに囲まれている人だと思うと気になってしまう。かつて、まことくんも身なりにかまわない女の人を連れて歩くのは恥ずかしいと言っていた。男の人って、みんなそうなんじゃないんだろうか。

「ぼくは工房で働いてる時の羽衣子ちゃんはかっこいいと思うで」

かっこいい、なんてはじめて言われたけど、仕事中の自分の姿を肯定されるのは、おしゃれした時にかわいいとほめてもらうのと同じぐらいうれしい。

店に足を踏み入れると同時に、スパイスの香りが漂ってくる。お昼どきというにはすこしはやい時間で、そのせいなのかなんなのか、他の客は一組だけだった。はじめてでよくわからないので、茂木くんからすすめられたものを注文した。

小さなテーブルを挟んで向かいあい、思うさま三田村紺の文句を言っているうちに怒りがぶり返してくる。

「信じられる？　最低やと思わへん？」

まあなあ、と茂木くんが頷いた時、皿が運ばれてきた。白いごはんを囲むようにチキンカレーやオクラを煮たなにか、よくわからないナッツのようなもの、ペースト状のものが盛られている。ちょっとずつまぜたり、ぜんぶまぜたり、自由に食べていいらしいよ、と茂木くんに説明されて、おそるおそる口に運ぶ。ペースト状のものはレンズマメのカレーで、煮びたしみたいな見た目のオクラもやっぱりカレーだという。それぞれ味付けが違って、でもどれも口に入れるとさわやかなスパイスの香りがさっと鼻に抜ける。はじめて食べたけど、とてもおいしい。

「いろんな味がして、楽しいね。甘かったり酸っぱかったり」

「やろ？　よかった。羽衣子ちゃんはこういうの、ぜったい好きやと思って」

もし父と引き合わされたのが自分だったらどうしただろうか、ということをここに来る途中に考えたりもしたけど、わたしならやっぱり父たちに文句を言っただろう。事と次第によっては暴力に訴えた。それなのに道ときたら、おとなしく帰ってきて。

「まあ、そのお父さんとのその三田村という人については俺からはなんとも言われへんけど」

「うん」

なんとも言ってくれなくていい。「きっとその人にも事情があるんだろうね」なんてわかったふうなことを言われたら、茂木くんにたいしても怒ってしまう。

「羽衣子ちゃんには、怒る権利があると思うよ」

「うん。ありがとう」

実際のところ、まだ納得はしていない。でも茂木くんに聞いてもらいながらごはんを食べているうちに気持ちが落ちついてきた。

「茂木くんとはいつもおいしくごはんを食べてる気がする。お店選びにセンスがあるんかな」

「俺と一緒に食べるから特別おいしいという可能性はないの？」

「それはどうやろ」

笑って答えたけど、茂木くんは笑わなかった。まっすぐに、わたしを見つめている。

「俺はそう。羽衣子ちゃんが好きやから一緒におったら楽しいし、ふたりでごはん食べる時はひとりの時より何倍もおいしい。羽衣子ちゃん」

「はい」

茂木くんのまじめな表情につられて、背筋を伸ばした。その後に続いた「つきあおうよ」という言葉をずっと待っていたような気がする。それだけは言ってくれるなと、おそれていたような気もしている。

返事は今すぐでなくてもいいから。つきあおうよと言った後に茂木くんがそう続けたから、わたしはきっと、困った顔をしてしまっていたんだろう。なにか答える前に腕時計を見て「そろそろ行かな」と腰を上げたのも、わたしのためだ。茂木くんにここまで気を遣わせて、それでも帰り際になにも言えなかった。

工房に戻ると、道が竿を片手に炉に向かう最中だった。

「あ、おかえり」

手伝い頼んでもええやろか、と道がおずおずとわたしに問う。

「すぐ準備する」

以前は「骨壺なんて」と思っていた。死が避けられないできごとだというのなら、なおさら普段は目を逸らしていたかった。

でも光多《こうた》おじさんが割った骨壺から祖父の骨を拾い上げた時、間違っていたと知った。祖父の死から目を逸らすことは、生きていた頃の祖父からも目を逸らす行為だ。

「口のところを花びらみたいに仕上げたいんや。いつもより大きさがあるから羽衣子に吹いてほしいねん」

こういうふうにしたい、とスケッチブックに描いてくれる。

道にはいつも、自分がつくる骨壺についての明確なイメージがある。だけどガラスの色や模様は毎回、どんなふうに出るのかある程度までしか予想がつかない。

「お兄ちゃんって想定外の事態に弱いのに、そういうのは平気なん？」

「ガラスは海やと思ってるから」

自然を完全に制御することはできない。そう思ったら、気が楽になるのだという。

「随分前もそんなん、言うてたな」

「あと最近、自分以外の人間も、それと同じやと思うことにした。そしたら、他人と話すのが嫌じゃなくなった。他人の感情って、天候なんかと同じやなって。ぼくがコントロールできるものではない、という意味では。雨が降ったら傘さすみたいに対処すればええんやと思うようになった」

「それは……すごいな。すごいけど、なんでそんなふうに思えるようになったん？」

首元のタオルを巻きなおしていた道は「羽衣子に教えられた」とこともなげに言い、ペットボトルの水を飲んだ。

「わたしに？」

「犬のロンさんと田沢さんのこと話した時あったやろ。あの時、羽衣子、めちゃくちゃ泣いて」

「めちゃくちゃではないやん、ちょっとしか泣いてないやん」

「しかめ面したかと思えば、涙ぼろぼろ流して。羽衣子っていつもそうやな。情緒不安定というか」

「悪かったね」

むっとしながら、わたしもペットボトルを開ける。水分補給をしっかりしておかないと、たいへんなことになる。

「ちゃうねん。あの時、羽衣子は人間はそういうもんや、みたいなこと言うたやんか。それで、ああそうか、と思って。羽衣子以外の人たちの内側でも、感情がめまぐるしく変化してるんやな、と腑《ふ》に落ちたというか。羽衣子に教わったんや。理解できんかったとしても、自分なりに、目の前の現象に対処していくしかないってこと」

「あ、そう。そう。そうですか」

恥ずかしくなって、顔を背《そむ》けながら目を保護するためのサングラスをかけた。わたしはずっと、いつも自分ばかりが道に振りまわされている、と思っていた。だけど、わたしが道に影響を与えることもあるのか。

道はもう昔の道じゃないんだ。

羽衣子はこれから、なんにでもなれる。どんなふうにもなれる。

祖父のあの言葉に支えられてきた。でもあれは、同時に呪《のろ》いでもあった。

特別ななにかにならねばならない。唯一無二の、特別な存在にならねばならない。その呪いに、長くとらわれてきた。

やっぱりわたしには無理みたいよ、おじいちゃん。

もう会えない人に、心の中で話しかける。

涙は出なかった。奇妙な清々《すがすが》しさすらある。それと同時に、ほんのすこしだけさびしい。

これからのわたしにできるのは、道のサポートをすること、ただそれだけなのかもしれないと思うと、たまらなくさびしい。

天井にとりつけた扇風機の動く音に耳を澄ませながら、何度か呼吸を整えた。感情を揺らされること、不安になることは毎日のようにおこる。でも炉の前に立っているあいだだけはそれらのことを忘れて、ただ目の前のことに集中する。

道が竿を構える。炎を内包しているようなオレンジ色のガラス種が巻きとられ、慎重にかたちを整えられる。それをまた焼いてあたためる。ベンチに座り、紙《かみ》リンを当てて中心をとっている道の指示を、慎重に待った。

「吹いて」

吹き竿に空気を吹きこむ。目いっぱい腹式呼吸をするのではなく、口内に含んだ水を吐き出すみたいに。教室を開いていろんな人に教えるうちに、「感覚で」とか「だいたいのところで」なんて説明では伝わらないことがわかってきた。自分がなんとなくできるようになってきたことと、それを他人に説明するのはまったく違う。

以前は「あいまいな表現をつかわずに、具体的に説明してくれ」としつこく頼んでくる道がうっとうしかった。でも道にわかるような言葉や話しかたを選ぶことは、結果として他の人と接する時にも役立った。

「赤い」というような形容ひとつとっても、それぞれにイメージしている色が違う。「花」と言う時、それぞれの頭の中に咲いている花の種類が違う。わたしもまた、道に教わったのだ、大切なことを。

道が紙リンを当て、かたちを整える。じゅっという音とともに、紙の焼ける匂《にお》いが漂う。

「止めて」

ベンチからすばやく離れる。最初の頃はなかなか動きが合わなくて、何度も何度も喧嘩した。他の人、たとえば繁實さんや咲《さき》さんとならできることでも、ふたりだとどうしてもうまくいかなかった。でも今は違う。

道がジャックでガラスの両端を挟み、わたしがゆっくりと竿を転がす。ガラスはすこしずつ細くかたちを変えていく。

すべての作業を終え、徐冷炉《じょれいろ》に骨壺をおさめている道に、話しかけた。

「茂木くんって、覚えてる？　このあいだ体験教室に来てくれた、わたしの同級生」

「覚えてるよ。あの『博多《はかた》とおりもん』っていうお菓子くれた人」

「そうそう」

親戚が送ってくれたんでおすそわけです、と茂木くんが持ってきた手みやげのことを、なぜか道は鮮烈に記憶しているらしい。おいしかったなあ、あれ、とぼんやり虚空を眺めている。

「うん、おいしかった……いやお菓子の話ちゃうねん、今日、茂木くんにつきあってほしいって言われたんやけど、なんて返事したらええんか悩んでんの」

なぜよりによって道に恋愛の相談をしようとしているのだろう。みやちゃんでもゆきなでも前田でもなく。

違う。その三人の返事が容易に想像できてしまうからこそ相談したくないのだ。茂木くんとつきあいなさいよ、と間違いなく言うだろうから。

「羽衣子が茂木くんのことが好きではないなら断ればええし、好きなら『よろしくお願いします』と言うたらええと思う」

そんな簡単な二択ではない。

「ぜったいにお父さんとお母さんみたいにはなりたくないと思ってた。二十歳《はたち》ぐらいの頃は、まことくんとそういう関係を築けると思ってた。でもあかんかったやん。それで……」

自信がないねん、と口にしたら、自分でもすとんと腑に落ちた。

「わたしは人を見る目がないのかもって疑いはじめたら、茂木くんのこと信じていいのかもわからんようになってくる。それは茂木くんにたいして、すごく失礼なことやんか」

ほうきの柄《え》をぎゅっと握りしめた。道にはわたしの話が理解不能なようで、頭を左右に揺らしながら溶解炉に丸蓋をかぶせている。

「ようわからへん。羽衣子はお母さんではないし、茂木くんもお父さんやまことくんとは違う人やのに。なりたくないとかなりたいとか関係なしに、誰かは誰かにはなられへん」

ぼくは、と言いかけて、道が足元に視線を落とす。そこに次に言うべき言葉が転がっていて、それをさがしているみたいに見えた。

「三田村くんのことは、残念やった。でも、もし今後、誰かがぼくに近づいてきても、この人も三田村くんと同じことするんちゃうかとは思わへん。思わへんようにしたい。これから知りあうその誰かは、三田村くんではないから」

「わたしもそうするべきやってこと？」

「そうは言うてない。羽衣子は羽衣子の好きにしたらいい。でも『茂木くんはぜったいに自分を傷つけない』は信頼とは違うと思う。それはただの期待や」

「じゃあ信じるってなによ？　どういうことなん？」

そうやなあ。道はわたしの手からほうきを受け取って道具入れに戻しながら、しばらく考えていた。

「茂木くんになら傷つけられてもいい、と思うこと？　あれ？　違うかな？　ん？」

自分で言っている途中で、わからなくなったのだろうか。

「信頼ってなんやろな、羽衣子」

しきりに首をひねっている姿を見ているうちに、あらためて道に相談したことへの後悔の念が湧き上がってきた。よりによってなぜ。

ざっという音が聞こえ、見ると道路が濡れていた。

「あ、洗濯もの！」

道があたふたと家に戻っていく。その後を追いながら、茂木くんはまだ外にいるんだろうか、傘を持っているだろうかと考えた。

茂木くんになら傷つけられてもいいなんて、正直まだそこまでは思えない。だけど雨が降り出して、わたしはいちばん最初に茂木くんを心配した。きっと、それが答えだ。

洗濯ものを取りこもうと焦《あせ》っている道を手伝うために、わたしも走り出す。

第三章　舟

1　2021年4月　道

工房を出た時は音を立てて地面を叩いていた雨が、電車を降りる頃には止《や》んでいた。割れた雲の向こうに淡い空が広がっている。雲の灰色と薄い水色のバランスがきれいで、スマートフォンを取り出して撮影してみたけど、うまくいかない。写真はいつもそうだ。切りとられた風景は自分の目で見ているものとすこし違っている。だから自分の目でよく見て、覚えておく。

吹きガラスをはじめてから、毎日空を観察するようになった。空の色はいつも同じではない。夏の空と冬の空が違うのはもちろん、毎日微妙に色を変える。空だけではない。木や花や雨や、すべての美しいものの色を、かたちを、この目で見て覚えたい。

今日は走る電車の中で見た雨粒のかたちを覚えた。車窓に走った斜めの模様。あんな模様をつけたガラスも、おもしろいかもしれない。

桜はもう散っている。舗装《ほそう》されていない地面はぐっしょりと濡《ぬ》れていて、歩くうちにスニーカーの靴底から水が染みてくる。もういいかげん靴を買い換えなければならないと毎日思い、毎日忘れる。

繁實《しげみ》さんの工房は、シャッターがおりていた。たぶん炉《ろ》も火を落としているんだろう。

繁實さんが入院して、もう一か月になる。なにをどうしたら治るというような病気ではないという。つまり、一生つきあっていく病気。すぐに死ぬとかそういう話ではないから安心しなさいと咲《さき》さんは笑っていたけど、ほんとうだろうか。

チャイムを鳴らすと、咲さんが出てくる。前回会った時はずいぶん憔悴《しょうすい》した様子だったけど、今日はすこし元気そうに見える。

「上がって、道《みち》くん」

「繁實さんの調子はどうですか」

咲さんはちゃぶ台の上で、急須《きゅうす》にお茶の葉を入れている。茶さじをつかわずに、茶筒から直接振り入れるのが咲さんの癖だった。

「ああ、だいじょうぶよ。手術も済んだし。わたしも今さっき病院から戻ったとこ」

ひさしぶりに足を踏み入れた家は、繁實さんがいないだけでずいぶん広く、さびしく感じられる。祖父が入院した時もそうだった。あるべき人の姿がそこにないということは、そういうことだ。

病院は今、新型コロナの影響で面会禁止になっていて、だから行っても物を預けたり、面会室に置かれたタブレットで画面越しに会話したりするぐらいしかできない。

ぼくは入院前に繁實さんから「引き継いでほしい」と頼まれた仕事があり、今日はその件で来た。

繁實さんは十年近く前から、友人のレストランのガラス食器を請け負ってつくっていた。それをソノガラス工房に引き継いでほしいと頼まれた。先方は退院してからでもいいと言ってくれているが、退院した後に今までと同じように仕事ができるとはかぎらない。だから今のうちに、という話だった。

「タンブラーと鉢《はち》を見本としてつくってきました。レストランの経営者のかたに見せてほしいです」

咲さんに持参した段ボールを差し出す。相手は繁實さんのつくるものを気に入って、依頼し続けてきた人だ。たぶん簡単には代わりはつとまらないだろう。ぼくたちがつくったものを見たうえであらためて判断してくれたらいい。梱包《こんぽう》を解《ほど》いた咲さんは「繁實が道くんと羽衣子《ういこ》ちゃんを信用してまかせようとしてるんやから、思うようにやったらええのよ」と、困ったように首を傾《かし》げる。

「でも……」

「そのレストランはね、去年先代が亡くなって、親戚の子があとを継いだのよ。わたしらも一緒。これからの人に、適切に仕事を引き継ぐのは、先に生まれた人の役目」

咲さんはにこにこしながら話しているけど、この仕事を受けたら、繁實さんがどこか手の届かない遠くに行ってしまうような気がする。

「ねえ、道くん。わたしハワイに行きたかったんよ」

咲さんは湯呑《ゆのみ》を両手で包みこむように持ちながら、とつぜんわけのわからないことを言い出した。

「ハワイですか？」

「そう。新婚旅行にね。でもあの人、吹きガラスのことで頭がいっぱいやったからね。ハワイどころか白浜《しらはま》すら行けんかったわ。退院したら、いつかふたりで一緒に旅行するの。ま、まだまだこのご時世では無理やろうけどね。道くんたちが引き受けてくれへんかったら、あの人また製作所にこもりっきりになるやん。わたしまたほったらかしにされてしまう。な、せやからお願い、引き受けてちょうだい」

だいじょうぶ、あの人はぜったいに死なさへん、と力強く断言する咲さんに追い返されるようにして家を出た。

空の色が、さっきより濃くなった気がする。

舗装されていない道を歩きながら、「良い天気」という言葉について、このあいだ葉山《はやま》さんが話していたことを思い出した。

先日担当した葬儀で、住職さんが遺族に向かって話していたことだという。わたしたちは晴れた日には「天気が良い」、雨が降れば「天気が悪い」と言うけれども、それは人間の勝手なのですよね、わたしたち人間は自分の都合に合わせてものごとの善し悪しを決めているのですよね、というような話で、葉山さんは「自分の身勝手さを指摘されたようで恥ずかしくなりました」と言っていた。素直な人なのだ。

葉山さんから聞いた話を羽衣子にしたら、羽衣子は「そんなん言うたって雨の日は不便やし、しかたないやんなあ」とご立腹で、なんというかその反応はすごく羽衣子らしかった。隣で茂木《もぎ》くんがにこにことそれを眺《なが》めていて、それも含めて。

羽衣子と茂木くんは去年から「つきあう」をおこなっている。外で会うよりも茂木くんがこの家に来ることのほうが多い。羽衣子とぼくは、ある時期から食事をともにすることが増えた。明確に「いつから」と言えない。祖父の骨壺《こつつぼ》を一緒につくった頃だったか、またことくんという人と羽衣子が別れた頃だったか、いずれにしても、かなり前の話だ。

ふたりは数年以内に結婚するつもりでいる。そのせいか、最近羽衣子は「お兄ちゃんは結婚とかするつもりなん?」「どうなん?」としつこい。

「葉山さんのこと好きなんやろ?」

そんな話は一度もしたことはないのに、ぼくの気持ちはなぜか羽衣子にはばれていて、しかもその情報を茂木くんもあたりまえに共有している。

「お兄ちゃんもええ年なんやから、いつまでもそんな中学生みたいな片思いしてたらあかんで」

よけいなお世話としか言いようのない羽衣子の言葉を思い出しながら、また顔を上げる。

空色、とは通常晴れた日の空をあらわすのだろうけど、曇り空の色や雨空のガラスもきれいだ。

明るい色の水色のガラスに、雨雲を想起させる灰色のガラスを層のように重ねるのもおもしろいかもしれない。ところどころカットして、雲の切れ間から現れる青空を表現する。

アイデアは歩いている時に浮かぶことが多い。そのことに気づいてから、たくさん歩くようになった。

歩く。歩く。歩いている時、なにか新しいものに手を触れられそうな時、頭の中がしんとする。顔を上に向けたまま歩いていたら、ふいに足元の感覚がなくなった。身体が一瞬宙に浮く。したたかに胸を打ち、ぼくは自分が転んだことを知った。

器を渡した後でよかった。転んだ瞬間、とっさにそう思った。

なにもないところで転ぶのは昔からの癖だ。怪我《けが》はしていないと思うが、泥水を吸ったTシャツが重たくて不快だ。着替えは持っていないから、このまま帰るしかない。

ホームで電車を待っていると、近くにいたおじいさんが「だいじょうぶか兄ちゃん」と声をかけてくる。

「怪我はしていないので、だいじょうぶです」

席はまばらに空《あ》いているが、座れるわけもない。目立たないようにドアに向いて立つ。

工房をのぞいたら羽衣子はいなかった。すこし遅れて、今日は骨壺のオーダーのお客さんが来る日だったと思い出す。

ドアを開ける前に『ソノガラス工房』の看板を眺めた。この隣に「骨壺あります」の看板を置きたい。

しかしその看板をめぐる戦いは今のところぼくの全敗だ。どんな色で、どんな書体で書いても、かならず「へん」「おかしい」と却下されてしまう。

今のところ骨壺の売上は、『ますみ葬祭』に委託しているものと、ウェブサイトからの申し込みがほとんどだ。看板を見てふらっと来てくれるお客さんなどいない、したがって看板を出す必要もない、という羽衣子の主張は理解できるが、最初のお客さんだった山添《やまぞえ》さんは「ふらっと来てくれ」た。

店のテーブルに、お客さんがいた。たしか名前は西尾《にしお》さんといった。『ますみ葬祭』からの紹介ではなく、直接工房のサイトにメールをくれた。

ドアを開けると、西尾さんがこっちを見た。どことなく母に似ている。外見がというより、醸《かも》し出す雰囲気が。

「羽衣子、あの……」

振り返った羽衣子が「あんた、なにしてんの?」と叫ぶ。

「歩いてて、転んだ」

繁實さんとこ出た後に、と説明するあいだに、羽衣子の眉間《みけん》の皺《しわ》がどんどん深くなっていく。

「待って、そのかっこうで電車に乗って帰ってきたってこと？」

「うん。着替え持ってへんし」

西尾さんに挨拶《あいさつ》するため店に入ろうとすると、羽衣子が「お風呂入ってきてよ！　あほちゃう？」と金切り声を上げる。

「うん、うん」

また怒られてしまった。頭からシャワーを浴びながら、がっくりとうなだれる。最近は羽衣子に怒鳴られる回数がかなり減った。うまくやれている、という自負があった。怒鳴られると落ちこむ。茶色く汚れた水が足元に溜《た》まって、ゆっくりと排水口に吸いこまれていった。

髪を乾かして居間に入ると、羽衣子が仁王立《におうだ》ちしていた。また怒られるのかと構えていると、あんのじょう「意味がわからへん」と唇《くちびる》をへの字に結んでいる。

「ごめんって。でも転んでしまったもんはしょうがないし……」

「あんな人はじめてや。意味がわからへん」

どうにも会話が嚙《か》み合わない。様子をうかがうために黙っていると、羽衣子は不機嫌そうに「さっきの人のことや、西尾さん」と吐き捨てた。

骨がなくても骨壺をオーダーしてもいいんでしょうか、と訊《き》かれたらしい。西尾さんが亡くしたのは配偶者らしいのだが、その骨がないのだそうだ。「骨がない」理由を、それとなく訊いても教えてもらえなかったという。

話を訊くうちに、羽衣子は西尾さんにたいして怒っているのではなく当惑しているのだと思った。羽衣子の気持ちの動きはあいかわらずさっぱりわからないが、これまでのデータの蓄積により、「こういう表情をした時やこういう行動をとった時は、こういうことを考えている」という分析ができるようになった。

「どうする？　引き受ける？　断る？」

「なんで断る必要がある？」

冷蔵庫から取り出した水を飲んだ。四月の夕方にはすこしつめたすぎて、胃がきゅんと縮む。

「だってなんか、こわいやん」

羽衣子にとって、自分が理解できないことはぜんぶ「こわい」ことだ。

「事情があるんかもしれんやろ」

人生の最期を病院や家で迎える人ばかりではない。それもまた、この十年で思い知ったことだった。不慮の事故や、災害。何年も行方《ゆくえ》知れずになった後に法的に宣告される死という可能性もある。

「……おじいちゃんやったらこんな時、どうしたんやろ」

羽衣子が飾り棚の骨壺に目をやる。そこにおさめられた祖父の骨は、けれども答えてくれない。

「おじいちゃんは死んだ」

ぼくの言葉に、羽衣子の表情がさっと翳《かげ》る。

「どうするかは自分で考えるしかない。考えて出した答えが間違ってたとしても、ここはぼくたちの工房なんやから」

「それはそうやけど」

羽衣子は髪をぐしゃぐしゃと掻《か》きまわしながら、ぼくの脇をすり抜ける。

火葬場で祖父の骨を盗んだことを思い出した。熱くて、乾いていて、想像していたよりずっと軽かった。

骨は、ただの「もの」だ。死んだ人間を焼いた後に残るものでしかない。そこに魂が残っているわけではない。

「ぼくには他人の気持ちがようわからへん」

「知ってる」

「わかります、て嘘《うそ》つくこともでけへん。けど、それでいいと思うようになった。理解してなくても、たしかにそこにあるっていう事実をぼくは知ってる。知っとこうと思ってる」

羽衣子はしばらく下を向いて立ち尽くしていたが、グラスを流し台に置いて「なあ」とぼくを振り返る。

「なに？」

「世の中には、他人の気持ちがよくわかって、そのうえで人を傷つけるようなことをしてきたり、利用したりする人だっておるんや、たくさん」

せやからさあ、と続けてぼくから目を逸《そ》らす。

「そういう人よりずっと良いんちゃうかな、お兄ちゃんは。自信持ったらいいよ」

ぼくがなにか答える前に、羽衣子はばたばたと工房に戻っていく。ああ、照れているのか、とその後ろ姿を見送る。またデータが役に立った。

2　2021年4月　羽衣子

ひさしぶりに会う繁實さんは、想像していたよりずっと元気そうに見えた。でも、やっぱり以前よりはずっと痩《や》せている。それは咲さんも同様で、なんだかひとまわり小さくなったようだ。

「やっと退院できた」

マスク越しでもわかるほど細くなった頬《ほお》を撫《な》でながら笑っている繁實さんから目を逸らす。

「道と、ちゃんと仲良うしてるか？」

「それなりに」

道は西尾さんの骨壺を完成させた。明日、納品にいくことになっている。

居間の畳の目を、指先でなぞる。脱水症状をおこしてここに寝かされた日のことがよみがえる。焦《あせ》るな、と繁實さんはあの時言った。毎日同じ仕事を続けることこそが最大の修業だ、というようなことも。

「でも、差が開いていくばっかりです」

「ほお」

「いっそ、道のサポート役に徹する、と割り切れたら楽なのかなと思う時もあります」

咲さんがお茶を運んできた。湯呑の底で桜の花びらが揺れている。あ、と目を上げると、咲さんが微笑《ほほえ》んだ。

「そうやろか。俺は、羽衣ちゃんと道は、技術でもなんでもぜんぶ同じぐらいやと思うけどな」

「そんなことはぜったいにないです」

西尾さんが手にとったのは、道のものばかりだった。母もそうだ。いつだったかレシピ本の撮影のために選んだ器だってぜんぶ道がつくったものだった。わたしがそうこぼすと、繁實さんと咲さんは顔を見合わせ、それから異口同音に「好みちゃう?」と、身も蓋《ふた》もないことを口にする。

「え、だって、そんな」

「だってそうやんか。吹きガラスやで。工業製品なら規格があって、それをクリアしてれば合格、より近づけられるほうが優秀、って話になるけどな。そんなん、好みや、好み」

「でもわたしは、道には、自分にない、その、才能がある、と思って。もうあんまり張りあうのはやめようって、何年もかかって、道を認めることができたんです」

「才能？　ははは」

繁實さんが肩を揺すって笑い、それから苦しそうに息を吐いた。まだ体調が万全ではないのかもしれない。

「ないよ。道に特別な才能なんかない」

「だって、道は」

「人と違うから、か？」

繁實さんはもう笑っていなかった。まっすぐに見つめられて、思わず目を逸らした。

「発達障害やったっけ。俺もよう知らんけど」

「いえ、検査を受けてないから、はっきりとは」

まあそれはどっちでもええねん、と繁實さんが首を振る。

「俺にとっては、道は道やからな。診断がどうとか、心底どうでもいい。俺は道にどんな障害があるかやのうて、道自身が今なにを見て、なにを考えてるかが知りたい。認めるってどういうことや。そら、なんかの障害とセットで特別な才能に恵まれた人間もおるんやろ。でも、障害があるからかならず才能もあるはず、みたいな考えかた、俺は嫌いや。それこそが差別と違うんか。あなたは他人と違った人間だけど、特別ななにかを持ってますね、ならこの世に存在していいですよ、認めてあげますよって言うてるみたいで、ぞっとするなあ」

そんなことない、と言おうとして、喉《のど》の奥がかっと熱くなる。そんなことない？　なにが？　いったいなにが、どう、そんなことないと、わたしは言おうとしたのか。

繁實さんの呼吸の間隔が短くなっている。咲さんが心配そうにその背中をさすり出した。湯呑を一気に干したら、口の中で花が咲く。ほんのりとした苦みが広がった。

「わたしは」

わたしは。二度言ったが、後が続かない。まだまだですね、と言ったら、恥ずかしさで唇が歪《ゆが》んだ。

わたしは、なんにもわかっていない。

あと何回。泣きそうになりながら、わたしは膝《ひざ》の上で自分の手を握りしめる。あと何回驚けば、恥をかけば、わたしは「わかっていない人」ではなくなるんだろう。気が遠くなるほど遠い道のりに思えた。

「まだまだやな。けど、羽衣ちゃんだけちゃうで、俺もそう。たぶんみんな生きてるあいだはこれでじゅうぶん、なんてないんちゃう？」

きつい言いかたしてごめんな、と繁實さんが眉《まゆ》を下げる。

「いえ、そんなことないです」

「でもなんか、もどかしい感じがしてなあ。羽衣ちゃんを見てると。道と同じぐらいええもん持ってんねんから、自信持ったらええねん」

才能とかセンスとかは目に見えへんから、と繁實さんはふっと息を吐いた。

「そんなふわっとしたもんに頼ってやっていくのは、苦しいことや」

「じゃあ、なにに頼ればいいんですか」

涙声で問うと、繁實さんが視線を落とした。

「昨日も、おとついも、羽衣ちゃんはガラスに向きあった。その事実があるやないか」

繁實さんはわたしの手を見ている。すこし遅れてそのことに気がついた。

今はすこしふるえている、わたしの手。やけどのあとだらけの、この手。

「その手見たら、わかるで。羽衣ちゃんが今までずっとがんばってきたこと、ちゃんとわかる」

それ以上、誰もなにも言わなかった。家の外で、鳥が高く鳴くのが聞こえる。

須磨《すま》に向かう電車に揺られながら、知らないあいだに眠ってしまったようだった。はっと姿勢を正して、髪を整える。今はどこを走っているのだろうときょろきょろしたけど、目的地まではまだだいぶかかるようだった。ああよかったと胸を撫でおろしたものの、もう眠気はすっかり消え失《う》せていた。

ほんとうは道が行くはずだった。

出がけに部屋をのぞいた時、道は布団《ふとん》にくるまっていた。行くね、と声をかけたら青い顔で頷《うなず》いていた。

道は今朝《けさ》がたから、お腹《なか》をこわしている。わたしが昨日繁實さんの家から帰ってきて夕飯に出したポークソテーがちゃんと焼けていなかったのかもしれないし、それともその後に「賞味期限過ぎてる、けどいけるって」と食べさせたヨーグルトがいけなかったのかもしれない。この事態は全面的にわたしのせいだと言えなくもなく、代理で西尾さんのもとに行くことを買って出た。

電車のアナウンスが、降りるべき駅の名を告げる。わたしの記憶がたしかならば、須磨に来るのは二十数年ぶりだった。

駅から海水浴場まで歩く。これから会う西尾さんのことを考えると、骨壺の入ったケースが重みを増したように感じられる。

前回は電車ではなく、父の車で来た。母と、道も一緒だった。祖父母は留守番をしていた。

八月の暑い日だった。道路はひどく混んでいて、父の車の冷房は効《き》きが悪かった。ラジオから流れる音楽がうるさいと母は顔をしかめ、父は仏頂面《ぶっちょうづら》でガムを噛み続けた。

わたしは四歳で、はじめての海水浴だった。何日も前から買ってもらった浮き輪を身体に装着して家の中をうろうろしてしまうほどのはしゃぎようだったのだが、車内で両親の機嫌がどんどん悪くなっていくのを感じとり、徐々に不安になっていった。

「降りる」

その時、道がとつぜんそう言い出した。真っ青な顔をしていた。振り返った母が車に酔ったのかと訊いたが、道は答えなかった。もう十二時だ、お母さんは十一時には海水浴場について、ついたらお昼ごはんを食べると言ったのに予定と違う、と泣き出した。

あの頃の道は今以上に、予定通りに行動することへの強いこだわりがあった。だから母はどこかに行く時はあらかじめ道に説明して、その通りに行動するようにしていた。何時頃の電車に乗るよ、どこそこで何を買うよ、と。その通りに事が運ぶ場合はいいが、大幅にずれると落ちつきを失ってしまう。

「降りる、降りたい、今は車に乗ってる時間とちゃう」

シートベルトを外《はず》し、ドアをどんどん叩いて、道は喚《わめ》き散らした。うるさい黙れ、と父が怒鳴ると、ますます声が大きくなった。

母は助手席から手を伸ばして懸命に宥《なだ》めようとしたが、その都度、父の声がそれを遮《さえぎ》った。ぜんぶは覚えていないけど、道がこんな子なのはお前の育てかたが悪いせいや、もっと厳しくしつけをせんからや、というような内容だったことはたしかだった。父と母の口論はどんどん激しさを増して、そこから先はもう聞きとれなかったし、もし聞きとれたとしても四歳のわたしには理解できなかっただろう。

そんなこんなでようやく海水浴場についた頃には全員ぐったりしていて、その後どうしたのか、泳いだのかどうかも記憶が定かではない。海の水が塩辛《しおから》かったことは覚えているから、いちおう泳いだことは泳いだのだろう。

両親の仲が悪いのは道のせいだと思いこみ、恨《うら》んでいた。道がいなければ、わたしたち家族は幸せなのに、と。ほんとうは本人がいちばん苦しんでいたのに。あたりさわりなく、とか、臨機応変に、とか、そういうことができない自分をもてあましていた道。わたしたちがもっと道を知ろうとすれば、違うかかわりかたをすれば、感じずに済む類《たぐい》の苦しさだったと、今になって気づく。

昨日繁實さんの家を出て歩きながら、しばらく泣いた。がんばってきた、という言葉を何度も反芻《はんすう》した。わたしはたぶん、ずっと誰かにそんなふうに言ってほしかったんだと思う。

道も苦しかったのかもしれないけど、わたしだって苦しかった。母にもっとわたしを見てほしかった。認めてほしかった。

「道と同じぐらいええもん持ってんねんから」という繁實さんの言葉を、まだ心から信じられない。でも、まずは、認めてあげたいと思う。承認の言葉を周囲に求めるんじゃなくて、わたし自身が、わたしを認めてあげないと。

風に乗って、潮《しお》の香りがする。いつだったか道が言っていた。ガラスを吹く時はいつも、海のことを考えていると。

わたしたちは広い海に浮かぶちっぽけな一艘《そう》の舟のように頼りない。それでもまずは漕《こ》ぎ出さねば、海を渡りきることはできない。

歩いているうちに額《ひたい》に滲《にじ》んできた汗を、ハンカチでそっと押さえた。

西尾さんは須磨海浜水族園の前で待っていると言った。巨大な三角形が見えてきて、西尾さんはその手前の、バス乗り場の屋根の下にいた。黒いワンピースに白い帽子をかぶっていて、わたしに気づくと会釈《えしゃく》をする。

「砂浜まで、散歩につきあってくれませんか」

「はあ……」

断る理由もなく、海水浴場に向かって歩いていく。

西尾さんの夫はもしかして、海の事故かなにかで亡くなったのかな、と後をついて歩きながら想像した。それならば、遺骨がないことにも納得がいく。

「昔このあたりに住んでいたんです、結婚したばかりの頃」

「そうなんですか」

シーズンオフの海水浴場は、それでも散歩をする人の姿がちらほらと見受けられる。頼りない砂を踏みしめる。フラットシューズを履《は》いてきてよかった。

「わたしは子どもの頃、親の仕事の都合であちこち引っ越ししたの。日本海のそばで暮らしたこともあってね、同じ海でもずいぶん違うんだなと驚きました」

「そうですか」

夫は十歳年下でした。西尾さんの話がとつぜん飛躍した。

「そうなんですね」

そうなんですか、そうですか、そうなんですね。こんなの、会話とは言えない。ただの音だ。斜め前を歩いている西尾さんはかまわず話し続ける。吹く風に邪魔されて、言葉をところどころ、捉《とら》えそこねる。

「ピアノを教えていたんです。大人向けの教室を開いていて。彼はその第一号の生徒で……一年ほどのレッスンの後に、結婚してくれと言われました……座りませんか？」

西尾さんがわたしを振り返る。いったん砂浜を出て、木の近くにあったベンチに腰をおろした。

「とりあえず、見ていただけませんか」

肝心《かんじん》の骨壺を渡していないことに思い至り、あわてて運搬用のケースを開いた。道がよく転ぶので、話しあって先月購入したものだ。

うす青いガラスに灰色の曇りガラスを重ねて、層にしてある。カットされた断面から青いガラスを見せることで、雲の切れ間からのぞく青空を表現しているのだ。

西尾さんはしばらく、骨壺に見入っていた。わたしもまた。

「すてきですね」

また「そうですか」と答えそうになり、「ありがとうございます」と言いなおした。わたしは今までずっと、自分は誰とでもそつなく会話ができる人間だと思っていた。でもそれは「自分がよく知っている世界のこと」について「興味を持っている人間」、あるいは「自分のよく知っている人間」と話すことに長《た》けているというだけのことだったようだ。

西尾さんはわたしにとって「よくわからない人」のままで、この人の話がどう展開していくのか想像ができなくて、不安でたまらない。

「……夫は、自死しました」

結婚後すぐに、西尾さんの夫は会社を興《おこ》した。開業資金のほとんどを、西尾さんの実家が援助した。それなりに資産がありまして、となぜか申し訳なさそうに西尾さんが肩をすくめる。

「会社ごっこです。たいして仕事もないのに女性の秘書なんか雇ってね。きれいな人でした。十歳年下のわたしの夫より、さらに五歳若い人。すぐに深い関係になったみたい。夫は、家を出ていきましたよ」

　わたし、離婚してあげなかったんです、何度頼まれても。西尾さんは前を向いたまま、おだやかな表情でそう口にした。母と同じだ、と思ったらもう相槌《あいづち》すら打てなくなった。

「夫の会社の経営状態はそのあいだにもどんどん悪くなって……当然ですよね、会社ごっこなんですから。こういう場合、たいてい愛人にも愛想をつかされて……となるんだけど、彼らの場合はそうはならなかった。夫は首をつって、その場には手紙が残されていた。夫は自分でお墓を用意してたんです。『自分は彼女を残して先立つけれども、生前に同じ墓に入ると約束した。僕たちは生きているあいだに一緒になれなかったから、死んだ後は離れたくない』という手紙が残されていたそうです。わたしが夫の死を知ったのは、火葬まで済んだ後だった。夫の仕事の関係者は、わたしの存在を知らない人も多くてね。秘書の彼女を妻だと思っていたみたい。ぜんぶ、ぜんぶ、終わってから知った」

　それが西尾さんの言う「お骨がない」理由だったのだ。手紙が残されていたとはいえ、戸籍上の妻であれば遺骨を奪い返すことぐらいできそうなものだったが、この人はそうしなかった。どうして、と訊《たず》ねると、西尾さんはしばらくのあいだ首を傾げていた。

「わたしっていったい、なんだったんでしょうね」

　それは返事ではなく、ただの独り言だった。

「散歩につきあってくれてありがとうね。後はもう、ひとりでだいじょうぶです」

代金はすでに振り込まれている。西尾さんはわたしに「後はひとりでだいじょうぶ」と繰り返す。

「もう行って、里中《さとなか》さん」

つまり、帰ってほしいということだ。もごもごと挨拶の言葉を口にして、立ち上がった。しばらく歩いてから振り返ると、西尾さんはまだ同じ姿勢でじっとベンチに座っていた。木々のあいだからのぞく海を見ているようにも、なにも見ていないようにも見える。

西尾さんは母に似ている。だからだろうか、話を聞いているあいだ、ずっと苦しかった。呼吸を整えながら、スマートフォンを取り出す。茂木くんに電話したかったのだが、なぜか道の番号を呼び出してしまった。

「もしもし」

道はすぐに電話に出た。が、声が聞こえた瞬間涙が溢《あふ》れてしまって、言葉が出てこなかった。

彫像のように動かない西尾さんから目が離せない。ひとりでだいじょうぶ、とはどういう意味だろう。そもそも、どうして海だったんだろう。

あの人はもしかしたら、これから死ぬつもりなのかもしれない。

「羽衣子」

どうしたんや、と言う道の声に、苦しげな荒い息がまじる。懸命に呼吸を整えて、西尾さんが言ったことをそのまま話した。

「なんて言うてあげたらええの、こういう時」

道はいつもどうしているのか、それが知りたかった。

「なんや……羽衣子にもわからへんのか」

「羽衣子にも、ってどういう意味よ」

「いや。うん。こっちの話や。なんて言うたらええんかわからへんのやったら、なんも言わんでええよ」

「でも……」

「西尾さんも、これまで会ったお客さんも、抱えている苦しみや孤独は、ぼくらが想像もつかへんぐらい大きいはずや。たったひとことでそういう人を救うような、そんな都合のいい魔法の呪文《じゅもん》みたいな言葉はないんや。せやから、なにも言う必要ない」

わたしが電話を切った後も、西尾さんはその場から動かなかった。涙を拭《ふ》いて、ベンチに戻る。西尾さんがぼんやりと顔を上げる。

「どうして戻ってきたの？」

西尾さんを救えるなんて、思っていない。思っていないけど、聞いてほしい。わたしの話を。

「うちではじめて骨壺を買ってくれたのは、娘さんを亡くした女の人でした。その人は骨壺を受け取って、これからは前を向く、とわたしたちに話してくれたんです。旦那《だんな》さんにもそう言われてるんやって。『前を向きなさい』って。そしたら兄がいきなり『前なんか向かなくていい』って言うたんです。なんでそんなことを言うのって、むかついて。だってせっかくその人ががんばって、娘さんを亡くした悲しみから立ちなおろうとしてるんですよ？　わたしのことも弱いとか言ってきて。わけわからんくて、こいつ嫌い、ってくやしくて」

西尾さんは黙っている。目はこちらに向いているが、話が聞こえているかどうかもわからない。やわらかい波の音にまじって、誰かの笑う声が聞こえてきた。子どもみたいな、甲高《かんだか》い声。

「だけど今はなんとなく、なんとなくですけど、わかるんです。いつまでも悲しむな、元気を出してね、みたいな言葉は、励ましているようで、じつはぜんぜん違うんです。その人の感情を否定してる。兄の言う通り。わたし正直、店に来て泣いてるその人を『重い』って感じました。その人を元気づけるためではなくて、ただ自分が気まずさから解放されたいから『泣かないで』って声かけて。その時のわたしは、泣いている人にただ寄り添うことすらできなかったんです」

また笑い声が聞こえ、西尾さんが弾《はじ》かれたようにそちらを見る。笑い声の主が砂浜を走ってきた。三歳ぐらいだろうか、短い手足をばたつかせ、砂を蹴散《けち》らしている。その後を両親らしき男女が小走りでついてくる。まだ薄手のコートが欲しいぐらいの気温なのに、子どもは半袖のＴシャツ一枚だった。父親らしき人が抱えている派手な色の布はたぶんあの子どもが脱ぎ捨てた上着なんだろう。

「子どもは元気ですね」

ふ、と西尾さんが声を漏らす。風船から空気が抜けるみたいな笑いかただった。

「あら、それ」

わたしに向きなおった西尾さんがまぶしそうに目を細める。

「それ、もしかしてガラス？　とてもきれい」

自分の耳に手をやる。どうやらわたしがつけている、シャボン玉を模したガラスのピアスが太陽を反射したらしい。

「そうです。わたしがつくりました」

店にも陳列しているものだが、このあいだ来た時には目に入らなかったようだ。西尾さんの耳にはピアスホールがない。

「これ、イヤリングにも変更可能なんです。店には他にもたくさんあるし、夏前にまた新作をつくろうと思ってるんです。だからあの、あの、また、お店に来てください」

西尾さんがわたしの顔をじっと見つめる。検分するような、観察するような、真剣なまなざし。今日はじめて、しっかりと目が合った。

「そうね、また行きます」

「はい。よろしくお願いします」

「約束しちゃった……ああ、困ったわね」

ふ、と西尾さんがさっきと同じように、気の抜けた笑い声をもらす。

「なにが困るんですか?」

「欲しいものができたから。もうすこし、生きていたくなっちゃった」

「約束ですよ」

念を押した。約束だ。だから、生きて、果たしてもらう。わたしのつくったものが、誰かが明日を生きる理由になった。手の震えがとまらない。

明日からも、また炉に向かう日々は続く。ガラスの海の上で進む方向がわからなくなった時は、自分の、この手を見よう。

バッグの中でスマートフォンが振動していた。道がかけてきたのかと思ったが、そうではなかった。母の名前が表示されている。母はめったなことでは電話をかけてこない。なんとなく嫌な予感がして、西尾さんに断ってから電話に出る。きっと良い電話ではない。

羽衣子、という第一声で、自分の勘《かん》が正しかったことを知った。

「光多《こうた》兄ちゃん、死んだみたい」

事情を知らない人が聞いたら寝ぼけているのかと勘違いしそうな、ぼんやりした母の声を聞きながら、わたしは海を見ている。砂浜ではさっきの子どもがまだ元気に走りまわっていた。

3　2021年4月　道

お葬式の匂《にお》いだ。通夜《つや》ぶるまいがおこなわれている控室に入った瞬間、まずそう思った。お線香と、ビールと、料理と、親戚のおじいさんやおばあさんの喪服にしみこんだ樟脳《しょうのう》の匂いがまじった空気。

光多おじさんの通夜と葬儀は、『ますみ葬祭』でおこなわれた。祖父の一周忌で集まった時よりぐっと人数がすくないのは、時節柄を考慮して家族葬で済ませることになったからだ。

ぼくはいちばん隅の席に座って、目の前に置かれた折詰を見ている。こういう時でも、人間はなにかを食べなければならないのだなあ、と思ったりする。こういう時だからこそでもあるんだよなあとも。

通夜の進行をつとめていたのは葉山さんではなく、年配の男性だった。今日は休みなのか、他の葬儀を担当しているのか、どちらだろう。なぜだか無性に、葉山さんの顔が見たかった。

誰かが隣に座った、と思ったら、母だった。

「みんなと一緒の部屋で、しんどくない？」

「静かやから、だいじょうぶ」

連絡を受けてすぐに東京から戻ってきて、休む暇もなく通夜に出ることになった疲れが、いつも以上に母を老けさせている。

「すこし、食べたら」

折詰を押しやると、母が頷いた。箸《はし》を取って、もそもそと食べはじめる。

病気の場合をのぞき、母はどんな時にも、家族の誰かが食事を抜くことを許さなかった。中学生の頃の羽衣子は友だちと喧嘩《けんか》したとか部活の先輩に怒られたとかそんな理由でよく布団をかぶって落ちこんでいたけど、母はそのたび布団をひっぱがして「ごはんを食べなさい！」と怒鳴っていた。

無表情でごはんを口に運んでいる母の横顔をうかがう。母はすでに両親を亡くしている。そして、仲が悪かったとはいえ、たったひとりのきょうだいすら喪《うしな》った。

「年をとるって、こういうことなんやな。知っている人がすこしずつ減っていくってこと」

「うん」

「これからどんどん、こういうことが増えていくんやろね」

誰かが母の名を呼び、母はそちらに向かっていく。入れ替わるようにして、ビール瓶《びん》を持った航平《こうへい》くんが座った。

「道、飲めるんやったっけ」

「お酒は飲まない」

「ちょっとぐらい飲めば」

ビール瓶を傾けるような仕草をする。

「お茶飲んでる。いらん」

あいかわらずはっきり言うなあ、と目を細める航平くんは、光多おじさんの次男だ。長男の翔太《しょうた》くんより光多おじさんに似ている。ぼくより三つ年上だ。航平くんの妻と子どもたちが、すこし離れたところにいるのが見えた。

喪主は長男の翔太くんがつとめている。喪主というのはとても忙しいものらしく、遺影の写真からなにから、ひとつひとつ打ち合わせをして決めなければならないという。たいへんやであれ、と他人事《ひとごと》みたいに呟《つぶや》いて、航平くんがグラスを呷《あお》る。

「おとんの顔、見た？」

「見た」

「黄色かったやろ」

光多おじさんは肝臓の病気だった。健康診断のなんとかという数値があきらかに異常だったが、何年もほったらかしにしていたのだという。航平くんたちは病院で検査をしてもらったほうがいいと言っていたのに、聞き入れてもらえなかった。先月にとつぜんへたりこんでしまったり、ごはんを食べられなかったりする回数が増えて、航平くんいわく「ほとんど連行するみたいに」病院に連れていったのだそうだ。

「そしたら即入院ってなって、それから一か月やで、一か月」

あまりにとつぜんのことで、入院していることを周囲に連絡することすら叶《かな》わなかったという。亡くなったと連絡があるまで、母もぼくたちも、光多おじさんが病気だということを知らなかった。

光多おじさんが死ぬ直前まで心配していたのは、自分のお店のことだったそうだ。

「だいぶ前から経営もギリギリやったらしいけどな」

「そうなんや」

借金もあったし、と呟いて航平くんがぼくをちらりと見た。

「おばあちゃんの家と土地売ったらいくらか足しになる、っていつも言うてたわ。恵湖《けいこ》おばちゃんになんべん電話してもちゃんと聞いてくれへんかったみたいやけど。おとんの店、結局閉めることになったわ。どう思う？」

ぼくは黙っていた。母と光多おじさんがもめたせいで、相続の問題は十年近く経《た》った今もそのままになっていて、だから家と土地の名義変更ができずに、今でも名義は祖母のままだった。固定資産税はもちろん母が払っているが、そんなことは航平くんにとっては、どうでもいいことのようだった。

航平くんがぼくの顔をのぞきこむ。目のふちが赤くなっているのは、通夜で泣いたせいなのか酔っているせいなのか、判断がつかない。

「お前さ、この話聞いてもなんとも思わへんの？」

「なんとも思わへんの、ってどういう意味？」

「家と土地のこと、お前らがもうすこしちゃんとしてくれたら、おとんももうすこし長く生きられたかもしれへんやんか」

言っていることがめちゃくちゃだった。トイレ行く、と断って席を立つ。靴を履いて廊下に出たところで、航平くんに肩をつかまれた。

「お前、人が真剣に喋ってる時にトイレってなんやねん！」

ふざけんな、と喚きながら、胸を突かれた。不意打ちだったので、よろけて壁に身体をぶつける。

「ふざけてない。航平くんの言っていることは意味がわからない。トイレには行きたいから行く」

「骨壺つくってるんやったっけ？　すごいな、死人で金もうけしようって発想まともやないわ……さすが道や」

昔からそうや、ぼくはみんなと違うんです、みたいな顔して、それでなんでも許されると思ってんのか、それは世間への甘えとちゃうんか、みんなお前よりがんばってんねんぞ、という航平くんの絶叫は「おい、やめろ」という誰かの声に遮られた。

声を聞きつけた翔太くんが飛び出してきて、航平くんを羽交《はが》い締《じ》めにする。廊下を葉山さんが走ってくるのが見えた。

「道さん、だいじょうぶですか？」

葉山さんが不安そうにぼくを見上げている。

「事務所に戻ってきたら、声が聞こえてきたから……」

「だいじょうぶって、なにがですか？」

尖《とが》りきった自分の声は、他ならぬぼく自身を刺し貫く。

葉山さんにこんなこと言いたくない。こんな言葉では傷つけるだけだとわかっている。でも口が勝手に動いてしまう。

「そんなあいまいな質問をしないでください。前にもそう頼んだじゃないですか」

葉山さんの脇をすり抜けて、トイレに向かった。手を洗いながら、ひどい八つ当たりだと思った。葉山さんに聞かれてしまった。死人で金もうけ。みんなお前よりがんばってんねんぞ。恥ずかしくて、手が震えて、なかなか水を止めることができない。その場に立ったまま、何度も数を数えた。一から十まで。その後、十から一まで。

トイレから出ると、葉山さんはまだそこにいた。

「ぼくが葉山さんにした、さっきのは八つ当たりです」

ごめんなさい、と頭を下げると、葉山さんも同じように頭を下げる。

「いいえ、だいじょうぶです。あの、ちょっとお話ししませんか」

通用口を指さした葉山さんの後について外に出る。外の自動販売機の前で、葉山さんは
「なにを飲みますか？」とぼくを仰《あお》ぎ見る。

「あ、えっと、お茶を……つめたいやつを飲みます」

財布の入ったかばんを、控室に置いてきてしまった。ポケットを探ったが、百円玉の一枚も出てこない。

「ありがとうございます」

手渡されたペットボトルを受け取る。

「人が亡くなった時というのは、みなさん混乱されていますから。感情のあらわしかたを間違えられることもあります」

「間違えるというのは、どういう意味ですか」

「泣きたいのに怒鳴り散らしたり、抱きしめてほしいのに突き放してしまったり。そういうかたをたくさん見てきました。わたし自身も経験があります」

「葉山さんにもあるんですか」

ありますよ、と深く頷く。

「ずっと前ですけど」

「それは『ますみ葬祭』で働きはじめるきっかけになったという葬儀の時ですか」

「そう……よく覚えてましたね、ずっと前に話したことなのに。そうです、その時です」

葉山さんはペットボトルの蓋を開けたりまた閉めたりして、落ちつかない様子だった。

ぼくと接する時の葉山さんはいつもおだやかで、落ちついている。この人が「感情のあらわしかたを間違え」ている様子が、ぼくにはうまく想像できなかった。

「恋人だったんですか」

ぼくの問いに、葉山さんは口をかたく結んだままだった。

「もしそうだとしても」

声が裏返ってしまった。

「それでもぼくは、葉山さんが好きです」

葉山さんのまつ毛がかすかに震えた。ありがとうございます、と言われたけど、ぼくの気持ちを受け入れてくれたわけではないことは、ぼくにもわかる。

「わたし、でも」

葉山さんがぼくを見上げる。なにかを決意したように、手をぎゅっと握りしめて。

「もういいかげん落とし前をつけなきゃって、思ってるんです」

葉山さんの目にうつるぼくは、自分でも嫌になるほどぼんやりした顔をしていた。

4　2021年5月　羽衣子

今日つかう道具を点検する。紙《かみ》リンやマーバー（金属製の板）は水に浸《ひた》して、竿《さお》に不備がないか確認する。

「羽衣子さん」と声をかけられ、振り返ったら葉山さんが立っていた。いつもは黒いスーツを着ているから、白の長袖のTシャツとデニムを身につけた姿が新鮮だ。髪をひとつにまとめて、アクセサリーはつけていない。一日体験を受けるスタイルとしては完璧だ。

「あ、道が今ちょっと家のほうに戻ってて」

「だいじょうぶです。はやくつきすぎてしまいました」

壁の時計を見ると、午後一時五十二分だった。二時からの約束だったから、たしかにすこしだけはやい。『ますみ葬祭』関連ではなく、個人的につくりたいものがあると相談を受けたのは、数日前のことだった。

「あとの三人ももうすぐ到着するらしいです」

スマートフォンをのぞきこんだ葉山さんが言うと同時に、道が姿を現した。挨拶を交わすふたりの姿を見ながら、葉山さんから聞いた話を思い出す。

お葬式のやりなおしをするんです、と葉山さんは言ったのだった。

何年か前、キャンプ場で事故がおきた。川の中州《なかす》でバーベキューをしていた二十代の男性三人が急な大雨による増水で溺死《できし》した。そのうちのひとりが、葉山さんと今日来る三人の知り合いだったという。「けっこう大きくニュースで取り上げられてたんですけど覚えてませんか」と訊かれたが、わたしも道も記憶がなかった。

「自己責任だとか、自業自得だとか言われて、すごくネットで叩かれたんです」

だから彼のお葬式は、とてもひっそりとおこなわれた。そのことが葉山さんは、何年もずっと心にひっかかっていたのだという。

「自業自得で死んだ人の死は、悼《いた》んではいけないんでしょうか」

そんなことはないですよね、とやけに切実な口調で問う葉山さんについて今日までずっと考えていた。亡くなった人とはどういう関係だったのだろう、とか、そんなことを。ただの知り合い程度の死を、そこまで引きずるわけがない。その事実がわたしの心を重くする。

お葬式のやりなおし、といっても斎場を借りてなにかをするわけではない。ただ事故現場へみんなで行こう、という話で、献灯《けんとう》のためのキャンドルホルダーをつくりたい、というのが葉山さんたちの今回の依頼だった。

「羽衣子」

道に呼ばれて、はっと我にかえった。いつのまにか三人の男性が到着していて、道がおたおたしながらも、竿を彼らに手渡している。

はじめて吹きガラスを体験する人には、炉に向かう前にまず竿を持って動かす練習をしてもらう。ほとんど教室にかかわっていなくても、道はちゃんとそれを覚えているのだった。

「よろしくお願いします」

葉山さんが頭を下げると、三人も頭を下げる。みんな葉山さんと同じ年ぐらいに見える。普段は会社勤めをしたり、家庭を築いたり、といったまともな暮らしをしているんだろうな、と思わせるまじめそうな雰囲気が共通している。

キャンドルホルダーといっても、いつも体験教室でつくっているコップと工程は変わらない。ガラス種を巻きとり、吹いて、焼いて、また吹いて、焼いて、ガラス種を巻いたもう一本の竿と結合させ、最初の竿から切り離す。

また焼いて、ジャックで口を広げて、ざっくりと説明してしまえば、そういう手順になる。四人いっぺんには無理なので、ふたりずつ教えることにした。

「みなさんは、その亡くなった、えっと」

「小山慎也《こやましんや》さん」

葉山さんが答える前に、道が言った。

「その小山さんとは、長いつきあいだったんですか」

三人の男性が顔を見合わせる。竿を回転するように動かす練習をまじめにやっていたひとりが「高校の同級生です、その、葉山も」と葉山さんを見る。卓球部やったんです俺たち、とべつのひとりが言う。

「そうなんですか。葉山さんはマネージャーかなんかですか？」

「いいえ、わたしは違うんです。でも慎也くんとは三年間同じクラスでした」

さりげなく道の様子をうかがう。道はとくに反応することなく、人数ぶんのサングラスの準備をしていた。

「このあいだグループＬＩＮＥで喋《しゃべ》ってた時に慎也の話が出て。今までは集まっても『あいつの話はタブー』みたいな雰囲気があったんですけど、それはやっぱおかしいやんってみんな思ってて。今になってあらためてそれを確認しあったというか」

「そうですか」

それでもまだなんとなく、その慎也くんという人の話になると全員口が重くなってしまうように見えた。長いあいだその人の話を避け続けて、癖になってしまったのだろうか。

「色、どうします」

色ガラスを並べた棚を指し示す。雨粒を化石にしたような色ガラスの粒を見て、また彼らは顔を見合わせる。

「……小山慎也さんの好きな色とかよく身につけていた色とか、そういうのを選べばいいんじゃないでしょうか」

骨壺をつくる時はそうしてます、と道が言った。

「慎也くんは、青いTシャツをよく着てました」

葉山さんの言葉に、ひとりが頷く。

「自転車は真っ黄色やったよな」

「そうそう。あれ自分でペンキ塗ったんやて」

「駐輪場で目立ってたよな」

「俺の中では、あいつは緑色かな」

「なんで？」

「なんやろ、自然が好きやったからかな」

「そのわりに、虫嫌いやったけどな」

「あー」

あたたかな笑い声がおこって、そうして彼らは、すこしずつ、小山慎也さんのことを語りはじめた。調子にのりやすいけど、明るい男だった。親切なところもあった。よく財布を落とした。意外と好き嫌いが多かった。何度も一緒に遊んだ。笑った。落ちこんでいた時にはげましてくれた。だれかの話したエピソードがまた新たなエピソードを呼び起こし、ふくらんでいく。

「じゃあ、はじめましょうか」

作業中は話していられない。こわごわとガラス種を巻きとり、おそるおそる空気を吹きこむ彼らを補助しながら、さりげなく道と葉山さんの様子を確認する。道はひとつひとつの作業をくどくどと説明しながら、葉山さんをサポートしている。

まるでそれ自体が弔《とむら》いのような、そんな時間がゆっくりと流れていった。わたしの会ったことのない、でも彼らにとってはかけがえのないひとりの人間のことを思いながら、みんなが手を動かしている。にぎやかであると同時に、ふしぎな静けさがあった。

黄色に赤、青と緑。異なる四つの色合いのキャンドルホルダーができあがった。それぞれの人の中にある小山慎也さんをあらわしているようだった。

悼んではいけない死なんかないと、彼らに言いたかった。


わたしにも骨壺をつくってほしい、と母が東京から帰ってくるなり言い出したのは、葉山さんたちがやってきた数日後のことだった。工房で作業をしていたわたしと道は顔を見合わせ、ほぼ同時に眉を寄せた。

「お母さん、死ぬの?」

先に口を開いたのは、やっぱり道だった。

「そんな訊きかた！」

焦って、道の背中を叩いてしまった。道が嫌そうに顔をしかめている。

「なんかあったん？」

母はふっと息を漏らして、首を横に振った。

「ないよ。このあいだ健診にいったけど、健康そのもの。でもまあ、いつなにがあってもおかしくないような年ではあるよね」

そう言われてあらためて母を見る。ほっそりした体型や染めてはいるもののまだ豊かな髪のおかげで実年齢より若く見られることが多いだろうが、それでもやっぱり老けはした。子どもがふたりとも三十代なのだから、あたりまえといえばあたりまえかもしれない。

「ああ、実際にわたしが死んだ後にそこにおさめてほしいわけではないからね。あんたらに手元供養してほしいわけでもないの。自分自身のために、いつも部屋に置いておきたいの。わかる？」

「わからへん」

まあ道はな、そうやろな、と母は冷静に頷いている。わたしにはなんとなくわかる。共感ではなく、想像だけれども。

「メメント・モリ的なことちゃうの、お母さんが言いたいのは。いつも死について考えることで後悔のない人生を送りたいみたいな」

竿を回転させる手はとめずに、声をはり上げた。「そうそう」と離れたところで、母が答える。

「後悔しないようにやっていきたいんや、残りの人生」

そんなふうに話す母はさっぱりとした顔をしていた。あっそう、と頷いて竿を持ちなおす。作業用のベンチに移動して、水に浸した紙リンを手にとる。かたちを整えようとした瞬間に、母がまた口を開いた。

「お母さん、ちゃんとお父さんと離婚するから」

「えっ」

びっくりして紙リンを取り落としてしまい、その拍子に、手がほんの一瞬、熱いガラスに触れた。鋭い痛みが走り、小さく悲鳴を上げる。なにがおこったか察した母もまた、同じように叫んだ。

近づいてきた道に竿を預け、水道に走る。流れる水を手で受けていると、取り乱した様子の母が背後に立った。

「氷とってくる」

ごめんな、ごめんな、と繰り返しながら台所に走っていった。氷を入れたビニール袋を手に戻ってきた母は、わたしを工房の隅っこに置かれた椅子《いす》に座らせた。

「ごめんな、後で話したらよかった」

母が泣きそうになって、おろおろと身体を左右に揺する。

「だいじょうぶ、よくあることやから」

「熱かったやろ。痛む？」

「だいじょうぶやって」

「そうか。強いんやな、羽衣子は」

「大袈裟《おおげさ》やって、お母さん」

泣きそうになっているのを見られたくなくて、顔を背《そむ》ける。こんなふうに心配してもらったり、ほめてもらったりするのは、道だけだと思っていた。わたしはずっと「できてあたりまえの子」だった、なんでも。

馬鹿みたいだ。もう三十歳になる人間が、やけどを母親に心配されたぐらいで泣きそうなほどよろこんでいる。ほんとうに馬鹿げている。まばたきを繰り返したり、舌の先を軽く嚙んだりして、なんとか涙を流さずに済んだ。

母から逸らした視線の先で、道と目が合う。わたしは今いったい、どんな顔をしているんだろう。道はまばたきをして、すぐに視線を逸らした。わたしの感情を、道はいつも理解しない。でもその代わりに、否定もしない。道は「そんなふうに思うのはおかしい」とか「間違ってる」とか、言わない。

母に軟膏《なんこう》を塗ってもらってから、工房を出た。

「ごめん、ちょっと部屋に戻るわ」

「やっぱり痛む？」

母が心配そうに後をついてくる。

「違うねん、ちょっとやることあるから」

自分の部屋に入り、ベッドの下にしまっておいた木の板を取り出す。四十センチ四方の白い板。去年のうちにホームセンターで買っておいたのだけど、そのうち、と思いながらなんとなく忙しさにかまけてほったらかしにしていた。けど、やるなら今だ。たぶん。

どんな字体にしようか。色はどうする？　いくつもの小さな花が、ぽんぽんと音を立てながら頭の中で咲くようなせわしなくにぎやかな気持ちを抱えて、わたしはゆっくりと腕組みをする。

5　2021年5月　道

車ががたんと揺れて、思わず振り返った。キャンドルホルダーを入れた運搬用ケースはトランクに入っているから、振り返っても確認することはできないのだけれども。

運転席の茂木くんと助手席の羽衣子は揺れなどものともせず、話を続けている。出発してから一時間、彼らの会話は途切れることがない。

かたわらに視線を向けると、葉山さんは頭を窓ガラスにくっつけてじっとしていた。目を閉じているが、眠っているわけではなさそうだ。

小山慎也さんの「お葬式のやりなおし」の場所であるキャンプ場は、電車やバスで行けるような場所ではなかった。ぼくは車を持っていないし、羽衣子に至っては運転免許すらない。それで、茂木くんに頼むことになった。

「車はたまに動かしてやったほうがいいので、ちょうどよかったです」

茂木くんは人に気を遣わせない言葉をたくさん知っているのだなと感心せずにはいられない。

葉山さんは、ほんとうは他の同級生たちと現地に向かう予定だったけど、ぼくが「一緒に行きたい」と言ったので、この車に乗っている。

ラジオから女性の声が聞こえてくる。去年の三月の終わりに亡くなった芸能人について話している。彼の死が日本人のウイルスにたいする意識を変えてくれたのではないでしょうか云々《うんぬん》。彼の死を無駄にしてはならない云々まで聞いた後で、ぼくはラジオを消してくれと頼んだ。

人は誰かを啓蒙《けいもう》するために死ぬのではない。賞賛《しょうさん》されるべき死も、批難されるべき死も存在しない。死はただの死だ。

高速道路のサービスエリアに車がとまる。茂木くんがトイレに行った。葉山さんは車の中にいると言い、ぼくは外に出て駐車場の周辺をすこし歩いた。車の中は密室なので、ずっといると息苦しくなる。

自動販売機のところに、羽衣子が立っていた。「もう！」とか「なんで？」とかひとりで騒いでいる。何度入れても千円札が戻ってくるのだそうだ。ぼくの財布から五百円玉を取り出し、入れてやった。

「ありがとう」

「うん」

ミルクティーを買った羽衣子は「なんか飲む？」とぼくを見る。車を振り返ってから「水」と答えた。光多おじさんの通夜の時に、たしか葉山さんはミネラルウォーターを飲んでいた。

「お兄ちゃんは葉山さんの人生に踏みこむ決意をしたんやね」

羽衣子はそう言ってから、ミルクティーのペットボトルに口をつける。ことさらにゆっくりした口調だったが、横顔が緊張していた。

「決意というほどのものではないけど」

「いや、決意してたよ」

言うとくけど、と羽衣子が目を伏せた。

「死んだ人には勝たれへんよ、お兄ちゃん。小山慎也さんって、たぶん葉山さんの彼氏かなんかやったんやろ？　死んだ人はこれ以上葉山さんを幻滅させへんし、傷つけへん」

「そうかなあ」

自分の人生から大切な誰かが欠けるたび、人の心はかたちを変える。ガラスの器の縁が欠けるように。不完全な形状の心を抱えて、ぼくたちは生きていくしかない。

「たとえ葉山さんがこれから先も、いなくなった人のことを忘れずに生きていくとしても」

としても、というところで言葉を切った。トイレから出てきた茂木くんがぼくと羽衣子を見て小さく手を振り、車に戻っていく。

「ぼくが好きになったのは、そういう葉山さんやから」

「ふうん」

羽衣子は下を向いた。

「自分から質問しといてなんやけど、やっぱ身内のこういう話を聞くのってこっぱずかしいっていうか……」

「っていうか、なに」

「若干気持ち悪いよね」

「勝手やな、お前はいつも」

「わたし、お兄ちゃんのこと嫌いやってん、ずっと」

話を唐突に変えるところも、すごく勝手だ。

「うん、知ってる」

「この世でいちばん嫌いやってん」

知ってはいたが、そう何度も言われると、さすがにきつい。

「けど、そんなお兄ちゃんと今もこうやって一緒に仕事してるって、ふしぎ」

「そうやな」

ぼくも羽衣子のこと苦手やったで、と答えると、羽衣子はむっとした顔をした。ぼくに嫌いだったと伝えるのはいいけど、自分が言われると腹が立つらしい。ほんとうに、なんて勝手な性格なんだろう。

「でも、これからもよろしく」

「うん。よろしく」

顔を背けたら、羽衣子もそっぽを向いているのがよその車の窓ガラスにうつっていた。

ふたりそろって車に戻る。「飲みませんか」と水を差し出すと、葉山さんがかすかに表情をゆるませた。

「ありがとうございます」

さっき外で話してましたね、と葉山さんがぼくと羽衣子を交互に見る。

「仲のいいきょうだいでうらやましいです」

「仲悪いですよ」

「仲悪いです」

ぼくと羽衣子の声がきれいにそろう。

車がキャンプ場に到着した頃には、陽《ひ》はすでに沈みかけていて、西の空はオレンジから紺《こん》へのグラデーションを描いていた。こんな時ですら空の美しさに見入ってしまう。切り取って、ガラスに閉じこめたい。

茂木くんは車で待っているという。

他の同級生たちは、川のそばでぼくたちの到着を待っていた。挨拶を交わしあい、ぼくはキャンドルホルダーを取り出した。

「これ、用意してきたんです」

ひとりが、木製の筏《いかだ》のようなものを抱えていた。

「このあいだ思い出したんです。慎也、毎年夏におばあちゃんの家に行ってるって、よう話してたなって」

その地方ではお盆に海に灯籠《とうろう》を流すという習慣があったという。それに倣《なら》うつもりのようだ。

お通夜等において蠟燭《ろうそく》や線香は、炎や煙があの世とこの世を結び、故人が迷わずあの世に行くための役割を果たしているという。車の中で葉山さんが話していた。

キャンドルに火がともされ、筏に載せられた。

「流してええんかな？　川に」

羽衣子が小声で訊ねたのが聞こえたらしく、ひとりがちょっと笑って「紐《ひも》がついてるんですよ、回収できるように」と説明した。

そろりそろりと浮かべられた筏は、ゆっくりと水面《みなも》をすべるように移動していく。

三人の男性は誰も口を開くことなく、それを眺めている。葉山さんは目を閉じて、頭《こうべ》を垂れて、なにかを祈っていた。

紐はあまり長くはないようで、筏の動きはすぐにとまる。風が吹いて、色ガラスによって生まれた四色の炎が揺らめく。

「小山慎也さんは、葉山さんの恋人だったんでしょうか」

返事はない。もしかしてぼくの声が聞こえなかったのだろうかと思った頃に、ようやく葉山さんが喋りはじめた。

「……高校一年生の頃から、つきあったり離れたりを繰り返してました。何年も、ずっと。そういうのがずっと続くような気がしてました。だけど慎也くんは急にいなくなってしまった。今日までずっと好きだったかと訊かれたら、違うと答えると思います。すこしずつ忘れかけてる。今も、問題なく楽しく生きてるつもりですけど……そんな自分を、ひどい人間のようにも感じてます。わからない。自分でもよくわからない。ただこの先、慎也くんを好きだったように他の誰かを好きになることはない。それだけはたしかです」

筏が引き上げられる。今度は強い風が吹いて、キャンドルの炎が消えた。闇の色が深くなる。隣にいる葉山さんの顔が見えない。

「死んだ人にはかなわない、と羽衣子に言われました」

葉山さんが息を呑んだような、ごくかすかな音が聞こえた。

「なるべく長生きするよう、努力します」

その人みたいに消えたりしない、ずっとそばにいる、なんて約束はできない。どんな最期を迎えるかなんて、わからないから。

「葉山さんが小山慎也さんを好きだったのと同じように、ぼくを好きになってほしいとは思ってません」

誰も、誰かの代わりにはなれない。ずっと前から知っている。

視界の端を、闇を切り裂くような光の筋が走る。誰かが懐中電灯をつけたのだった。もうひとつ光が近づいてくる。同じく懐中電灯を持った茂木くんだった。

「思ったより寒かったから」

心配してやってきたらしく、羽衣子の肩にストールをかけてやっている。

「帰ろうか、葉山」

筏とキャンドルホルダーを片付けた三人が葉山さんに声をかける。ぼくも葉山さんも懐中電灯を持っていない。茂木くんたちの後を追うようにして歩きはじめる。暗い、よく知らない場所を歩くことは、たとえひとりぼっちではなくても心細いものだった。一歩一歩、たしかめるようにして踏み出す。

左手の甲が葉山さんの右手の甲に偶然触れた。次の瞬間、がさっという音とともに、葉山さんの小さな悲鳴が聞こえた。

「なんでもないです、ちょっとよろけただけです」

前を歩いていた茂木くんたちとのあいだに、さっきより距離ができている。とっさにつかんだ葉山さんの手は、ぼくの手よりもずっと小さくて頼りなかった。距離が近くなる。葉山さんの息を吐く音が聞こえるぐらいに。

「だいじょうぶですか?」

思わず問うと、葉山さんが「なにがですか?」と言って、すぐに笑い出す。

「すみません。一度道さんにそう言ってみたかったんです。だいじょうぶですよ。行きましょう」

手が握り返される。しっかりと。頼りなさはもう感じない。暗闇の中へ、また一歩踏み出した。

終章

道

2021年5月　道

キャンプ場から戻った夜は、ぼくも羽衣子《うい こ》もぐったりと疲れてしまい、口もきかずに部屋に引き上げた。

翌日は臨時休業にした。ぼくは寝ていたし、羽衣子はほとんど一日中部屋にこもっていた。でも、いつまでも休んでいられない。今日からはいつも通り、工房を開ける。

工房に向かうと、戸が内側から開いた。身支度を済ませた羽衣子と目が合う。

「おはよう」

「おはよう」

『ソノガラス工房』の看板と外壁のあいだに、蜘蛛《く も》が小さな巣をつくっていた。乾いたぞうきんで取り払っていると、羽衣子が木の椅子《い す》を運んできて、看板の隣に置いた。青いペンキで塗られた、小ぶりな椅子だ。

「なにこれ」

羽衣子が得意げな顔でぼくをちらっと見て、その椅子の背に凭《もた》れさせるように白い板を置いた。

骨壺のオーダーメイド承ります。板には、小さな文字でそう書かれていた。黒いペンキで記されたシンプルな書体にしばらく見入る。

「どう?」

「シンプルでかっこいい。さすが羽衣子や」

「うん、わたしもそう思う。さすがお兄ちゃん、ようわかってるやん」

羽衣子は弾《はず》むような足取りで工房に戻っていく。

シャッターを上げるぼくの背後を、小学生たちががやがやと通りすぎていく。みんな同じ黄色い帽子をかぶって一列に並んでいる。看板に視線を戻した。ほんのすこしだけつめたい風が、頰《ほお》をちりっと撫《な》でていく。

謝辞

執筆にあたり、快く取材を引き受けていただき、丁寧に吹きガラスを指導していただいた谷町ガラスＨｏｎｏ工房の細井基夫さんに心から感謝いたします。

お話を伺う中で垣間見えたガラス工芸に向き合う真摯さ、なにより作品の力強い美しさにすこしでも近づきたいという思いで書き上げました。

ほんとうにありがとうございました。

本書は書き下ろし作品です。
本書はフィクションであり、実在の人物・団体とは一切関係ありません。

〈著者略歴〉
寺地はるな（てらち　はるな）
1977年、佐賀県生まれ。大阪府在住。2014年、『ビオレタ』で第4回ポプラ社小説新人賞を受賞しデビュー。2020年、『夜が暗いとはかぎらない』が第33回山本周五郎賞候補作に。令和2年度「咲くやこの花賞」（文芸その他部門）受賞。2021年、『水を縫う』が第42回吉川英治文学新人賞候補作にノミネートされ、第9回河合隼雄物語賞を受賞。『大人は泣かないと思っていた』『今日のハチミツ、あしたの私』『ほたるいしマジカルランド』『声の在りか』『雨夜の星たち』など著書多数。

ガラスの海を渡る舟

2021年9月23日　第1版第1刷発行
2021年12月9日　第1版第6刷発行

著　者　　寺地はるな
発行者　　永田貴之
発行所　　株式会社PHP研究所
東京本部　〒135-8137　江東区豊洲5-6-52
第三制作部　☎03-3520-9620（編集）
普及部　☎03-3520-9630（販売）
京都本部　〒601-8411　京都市南区西九条北ノ内町11
PHP INTERFACE　https://www.php.co.jp/
組　版　　有限会社エヴリ・シンク
印刷所　　株式会社精興社
製本所　　株式会社大進堂

© Haruna Terachi 2021 Printed in Japan
ISBN978-4-569-85012-2
※本書の無断複製（コピー・スキャン・デジタル化等）は著作権法で認められた場合を除き、禁じられています。また、本書を代行業者等に依頼してスキャンやデジタル化することは、いかなる場合でも認められておりません。
※落丁・乱丁本の場合は弊社制作管理部（☎03-3520-9626）へご連絡下さい。送料弊社負担にてお取り替えいたします。

PHPの本

凪《なぎ》に溺れる

青羽　悠　著

僕らは、生きる。何者にもなれなかったその先も――。一人の若き天才に人生を狂わされ、そして救われた6人を描く、諦めと希望の物語。

定価　本体一、六〇〇円（税別）

PHPの本

転職の魔王様

額賀 澪 著

この会社で、この仕事で、この生き方でいいんだろうか――。注目の若手作家が、未来が見えないと悩む全ての人に送る〝最旬〟お仕事小説！

定価 本体一、六〇〇円（税別）

PHPの本

雨の日は、一回休み

坂井希久子 著

おじさんはつらいよ⁉ 会社での板挟み、女性問題、家族の冷たい目……。日本の中年男性の危機をコミカルかつ感動的に描く連作短編集。

定価 本体一、六〇〇円（税別）

PHPの本

三兄弟の僕らは

小路幸也　著

両親がいなくなったその日から、僕らは「普通」じゃなくなった——。家族の秘密に向き合いながら成長する兄弟達の絆を描いた感動作。

定価　本体一、六〇〇円（税別）

PHPの本

風神雷神 Juppiter《ユピテル》,Aeolus《アイオロス》（上・下）

原田マハ 著

ある学芸員がマカオで見た、俵屋宗達に関わる意外な文書とは。『風神雷神図屏風』を軸に、圧倒的スケールで描かれる歴史アート小説！

定価　各本体一、八〇〇円（税別）

PHPの本

幕間《まくあい》のモノローグ

長岡弘樹　著

ドラマや映画の撮影現場で起こる事件の謎を、ベテラン俳優が時に厳しく、時にやさしく解き明かしていく。著者渾身の連作ミステリー。

定価　本体一、五〇〇円（税別）

PHPの本

書店員と二つの罪

碧野 圭 著

殺人犯の「元少年」が出所して書いた告白本に秘められた恐るべき嘘とは。『書店ガール』の著者が、書店を舞台に描くミステリー。

定価 本体一、六〇〇円（税別）